Rudolf Alexander Mayr
Karls Wiederkehr

FÜR ANNINA

Rudolf Alexander Mayr

KARLS WIEDER KEHR

Ein Bergroman

Tyrolia-Verlag · Innsbruck-Wien

*Es ist schwierig zu lügen,
wenn man einen Roman schreibt.*
John Williams

I

Als Karl, ein Tiroler Bergsteiger, anlässlich einer Reise für einige Monate wie vom Erdboden verschluckt blieb, war dieser Umstand nicht weiter auffällig. Denn Karl hatte sich in seinem Bergsteigerleben schon oft auf Expeditionen begeben, meistens ohne sich vorher groß zu verabschieden (so wie es andere oft taten), und war nach einigen Wochen oder Monaten von irgendeinem Ort der Welt zurückgekommen, ohne ein großes Wiedersehensbrimborium zu veranstalten. Einmal war er sogar ein ganzes Jahr weg gewesen und hatte, wie nur wenige Eingeweihte wussten, diese Zeit in einem Iñupiatdorf verbracht, mitten unter alaskanischen Eskimos.

Aber dieses Mal mehrten sich die Monate seiner Abwesenheit und wurden zu einem Jahr, und aus diesem Jahr wurden zwei, und schließlich wurde Karls lange Abwesenheit zum Hauptgesprächsstoff in jenem Gasthaus, das am Fuß des Berges lag, auf dem Karls Hütte stand.

Einige der Gäste dort waren schon immer reiselustig gewesen, so wie es Tiroler oft sind, wenn sie ihrem Trogtal entkommen wollen. Also erzählte einer, der jedes Jahr nach Alaska fuhr, des Fischens wegen, er habe Karl gesehen, in der Bar einer kleinen Goldgräberstadt, wie er ruhig sein Bier trank und einheimischen Geschichtenerzählern zuhörte. Er habe einen sehr ruhigen, fast glücklichen Gesichtsausdruck gehabt.

Ein anderer an diesem Gasthaustisch war gerade vor zwei Monaten von einer Wanderung im Himalaya zurückgekehrt. Er berichtete von einem kleinen Ort namens Junbesi, von dem aus man in einer guten Fußstunde das höher gelegene Thubten-Chöling-Kloster erreichen konnte. Dorthin sei er am Abend gegangen, obwohl er durch den Tagesmarsch vorher schon recht müde war. Als er von den Klosterbrüdern freundlich in den großen Saal gebeten wurde, brannten dort schon Tausende Kerzen und gaben dem Raum einen warmen Schein und auch den Hunderten Betenden, bei denen es sich um Männer und Frauen handelte, wie er herausfand, nachdem er den betenden Stimmen gelauscht hatte. Sie alle, Männer wie Frauen, hätten glatt rasierte Köpfe gehabt, berichtete der Reisende an diesem Gasthaustisch. Aber nur einer von ihnen habe einen langen Bart getragen, fast so, wie man Konfuzius von Bildern her kennt. Und auf einmal habe der sich umgedreht, mitten im Gebet, und ihn, den Reisenden, angesehen. Es sei Karl gewesen, unverkennbar Karl, und er habe ihm in die Augen gesehen, vielleicht eine, vielleicht zwei, vielleicht fünf Minuten lang. Er, der Reisende, würde diesen Blick nie mehr vergessen, denn er hatte in ihm eine Art Frieden ausgelöst, ja sogar Glück, und dieses Gefühl habe ihn seither nie mehr verlassen, auch wenn es jetzt nur mehr Erinnerung war. Ihm, dem Reisenden, war gewesen, als hätte Karl gewollt, dass er diesen Blick mit sich nahm, mit sich nach Hause nahm, wie eine eiserne Reserve für Notfälle, ein Proviant, wenn ihm einmal das Glück nicht mehr zur Seite stünde.

Ein anderer der Vielreisenden wollte ihn in Kangsha gesehen haben, einem malerischen kleinen Dorf in Nepal, auf viertausend Metern Höhe gelegen, am Fuße der großen Berge Tarke Kang und Gangapurna, mit schönen kubischen Steinhäusern und kunstvoll geschnitzten Eingangstüren und Fensterstöcken. Hier wollte er ihn gesehen haben, im Schatten eines großen Mythenbaumes, den man im Himalaya *Carsso* nennt, und Karl, der in einheimischer Tracht gekleidet war, hatte, offensichtlich als Lehrer, dort mit den Kindern Bockspringen veranstaltet.

Allen diesen Erzählern gemeinsam war, dass sie sich über die Begegnung mit Karl so weit entfernt von ihrer Heimat gefreut hatten und zugleich kein Bedürfnis verspürt hatten, ihn anzusprechen, vielleicht aus Andacht oder vielleicht, weil ihnen alles das so selbstverständlich und logisch erschienen war.

Einer der Anwesenden glaubte gar, Karls Gesicht in einem *Moose*, einem jener riesigen Elche im Norden Alaskas, erkannt zu haben, was bei den Zechbrüdern an dem Wirtshaustisch große Heiterkeit hervorrief, und wieder ein anderer, ein Skitourengeher aus dem gleichen Ort, hatte Karls Gesicht wie gemeißelt in einem Gletscher des Berner Oberlandes gefunden und fotografiert. Aber wie sehr die Wiedergabe dieses Fotos auch anfangs verblüffte, die Trinkkumpane taten die Skulptur als reinen Zufall oder Laune des Gletscherflusses und des Windes ab.

An dieser Stelle der Erzählungen mischte sich Otto ein, der Briefträger des Ortes.

Er sagte, dass solche Gesichter universal seien ab einem bestimmten Grad der menschlichen Reife und deshalb verwechselbar oder eben auch nicht. Man finde sie selten, aber doch verstreut über die ganze Welt, sagte Otto, was für alle an diesem Tisch seltsam klang, denn alle glaubten, dass Otto noch nie die Grenzen ihres Heimatortes überschritten hatte. Eben wegen ihrer Universalität, sagte Otto, hätten wahrscheinlich alle recht, die Karl in Alaska, in Junbesi, in Kangsha oder im Berner Oberland gesehen hatten.

Da saßen alle erstaunt und für eine Weile schweigsam da. Denn noch nie hatten sie Otto eine so lange Rede halten gehört.

* * *

Zwei Ereignisse, auf den ersten Blick nicht zusammenhängend, doch in ihrer wechselseitigen Abhängigkeit voneinander die darauffolgenden Ereignisse zwingend nach sich ziehend, waren es, die Karls Abgang von der Schule bewirkten.

Beider Ereignisse Handlungsort war Gnadenwasser, die bischöfliche Knabenschule. Nur einmal monatlich, an einem Sonntag von sechs Uhr früh bis sechs Uhr abends, hatten die Schüler Ausgang und durften sich außerhalb der Mauern bewegen: endlich reichliches und schmackhaftes Essen bei den Eltern und dem Mief der dunklen Gänge zwischen Studiersaal, Schule, Kirche, Speise- und Schlafsaal entkommen, wo sich der Geruch von kalter, klumpiger Brennsuppe, abgestandenem Apfelmus und der mit Stärke gebügelten Kleidung der Ordensangehörigen mischte.

Das erste der beiden Ereignisse spielte sich im Speisesaal ab, und zwar im Monat Mai, am zwanzigsten, genau genommen Schlag zwölf Uhr, wie die Glocken der hauseigenen Kapelle bezeugten, als Schwester Ludmilla, eine hagere Person mittleren Alters mit teigig weißer Haut in streng gebügelter Ordenstracht, die Essensausgabe überwachte, die von ihren Hilfskräften, durchweg Freigänger aus einem nahen Heim für geistig Behinderte, durchgeführt wurde.

Sie hatte geschnetzelte Leber mit Reis gekocht – wirklich ein wunderbares Essen, wenn sie an ihre eigene Jugendzeit dachte. Doch die Schüler der Oberstufe, berechtigt, als Erste das Essen auszufassen, dachten nicht daran, die Gottesgabe zu loben; schweigend standen sie in der Reihe, mit aufgehaltenem Teller den Schlag mit dem Schöpflöffel erwartend. Die Kleinen, die Zöglinge der Unterstufe, warteten dahinter, ebenfalls in einer langen Reihe, die bis auf den Gang hinausreichte, ihrerseits beaufsichtigt von Präfekt Kantner, der, ließ sich ein übermütiger Aufrührer nicht durch hochgezogene Augenbrauen allein einschüchtern, stets seinen großen Schlüsselbund warf, gezielt und mit Nachdruck.

Endlich saßen alle an den langen Tischen, standen jedoch gleich wieder auf und sprachen das Tischgebet unter Anleitung des Präfekten: ein Vaterunser, ein »Gegrüßet seist du, Maria«, ein letztes »und segne, was du uns bescheret hast«.

Das Sprechen war während der Mahlzeiten untersagt, und Schwester Ludmilla ging, in den Händen den Rosenkranz, ihre Lippen schweigend in Bewegung, die schmalen Gänge zwischen den Bankreihen auf und ab und hielt im Beten nicht einmal inne, wenn sie dem einen oder anderen Esser, sich ein wenig vorbeugend, über die Schulter blickte. Es durfte nichts übrigbleiben.

Das lauter werdende Klappern und Schaben der Löffel zeigte an, dass die Mahlzeit bald beendet sein würde. Zufrieden nickte Schwester Ludmilla, sie war am Ende des Ganges angekommen, drehte sich um, und eine neue Perle des Rosenkranzes wurde zärtlich in die Finger genommen. Sie blickte kurz auf, zum Ende des Saales. Da saß ein blasser Dreizehnjähriger, den gehäuften Teller noch vor sich. Sie beschleunigte ihre Schritte, vergaß sogar auf den Rosenkranz, bis sie, auf den Zehen wippend, vor Karl stand. Der Zorn hatte ihre Wangen rosig gefärbt.

»Du isst nicht!«, sagte sie.

»Ich kann nicht!«, antwortete Karl und dachte immerzu: »Du sollst nicht lügen, du sollst nicht lügen.«

»Und warum nicht?«, fragte die Schwester.

»Ich habe das hier im Reis gefunden«, sagte Karl, ein grauschwarzes Stück, einem kleinen Stein ähnlich, auf der flachen Hand vorzeigend.

»Das – ist nur ein kleiner Stein!«, sagte Schwester Ludmilla.

»Freilich«, sagte Korff, der an Karls linker Seite saß, und grinste. »Es ist nur ein kleiner Stein. Ist eben bei der Reisernte mitgegangen.«

»Es ist die Einlage eines Zahns«, sagte Karl in die plötzliche Stille des Saals hinein, »eine Plombe.« Er dachte an die geistig behinderten Hilfsköchinnen und schluckte.

Schwester Ludmillas Augen hinter den Brillengläsern waren größer geworden wie aus Entsetzen, ihr Auf- und Abwippen auf den Zehenballen wurde schneller. Hilfesuchend drehte sie ihren Kopf nach dem Präfekten, der während des Essens unter der Tür stehen geblieben war und nun, so schnell es seine kurzen Beine erlaubten, näher kam. So standen die beiden vor Karl und blickten zu ihm herab, Präfekt Kantner drehte mit Daumen und Zeigefinger den Siegelring an seiner rechten Hand. Karl wusste, was dies bedeutete. Er zuckte schon zurück, als Kantners Hand nach dem Tellerrand ging, das auf ihm liegende Fundstück aufnahm und es auf der flachen Hand, einen Kreis beschreibend, dem Saale zeigte. Pflichtbewusstes Lachen war die Folge. Dann baute er sich wieder vor Karl auf, wiederholte dessen Worte: »Eine Plombe also!«, lachte ihn freundlich an und warf mit einer wippenden Bewegung der Hand das Stück zur Decke. Karl folgte ihm mit den Augen und hatte schon links und rechts zwei gewaltige, durch den Siegelring verstärkte Ohrfeigen empfangen.

Das Tischgebet war bald beendet. »... Dank für Speis und Trank«, klang es in Karls Ohren nach, als die ganze Horde mit Rufen des Übermuts aus dem Saal stürmte, denn man schrieb einen Samstag, wie die heulenden Sirenen der Stadt bezeugten. Der Nachmittag war für die Schüler frei. Kein Ausgang in die Stadt, nach der die Schule ihren Namen trug, aber doch frei zum Spazierengehen innerhalb des Internatsgeländes, um in der Sonne zu liegen oder zum Spielen auf dem Fußballfeld, von dem jetzt Rufe herüberdrangen, über all die Gebäude hinweg bis hinein in den Speisesaal, in dem Karl ganz allein saß, den Teller vor sich, ein Würgen in der Kehle.

An diesem Nachmittag erfuhr Karl, dass Erwachsene Lügner waren, denen man die jenseitigen Geschichten – mochten sie noch so Augen rollend vorgebracht werden – besser nicht glaubte, weil man ihnen das Diesseitige, das Überprüfbare nicht glauben konnte: Ihre Reden von Barmherzigkeit und Güte, denen zum Trotz er nun den Nachmittag im Saal verbringen musste, unter der Aufsicht Schwester Ludmillas, die auf dem Gang draußen betend auf und ab ging. Jedes Mal, wenn sie die Türöffnung passierte, warf sie einen Blick auf Karl – und auf seinen Teller, der sich nur langsam leeren wollte – die Unsitte bedauernd, dass man den Karzer auf Druck der weltlichen Behörden vor einem Jahr hatte abschaffen müssen. Dorthin hätte der Frevler gehört, um über die Lästerung der Gottesgabe nachzudenken.

Und Karl würgte Bissen für Bissen hinunter. Die Aufgabe nahm ihn den ganzen Nachmittag in Beschlag. Er dachte zurück an seinen ersten Abend im Internat, an die Begrüßung der Zehnjährigen durch die Schwester: »Ich bin jetzt eure Mutter!«, und daran, dass er sie gleich mit dem vertraulichen »Du« angesprochen hatte, was Karls erste Ermahnung nach sich gezogen hatte.

Wir müssen nun aber nicht annehmen, dass alle Lehrer, alle Erzieher in das Feindbild Karls miteingeschlossen wurden. Freilich gab es da noch den Mathematiklehrer Skopal, nicht von spontaner Brutalität, kein Schläger und Schlüsselwerfer wie Kantner, aber ein übler Klemmer, Zwicker und Haarezieher, der sich immer schräg hinter dem sitzenden Sünder aufbaute, sich dessen Schläfenhaare zwischen Daumen und Zeigefinger griff und ihn so mit grinsenden Lippen, die Zähne fletschend und durch die geschlossenen Zahnreihen die Worte »Was haben wir denn da, Oberhauser! – Lechner! – Müller!« herauspressend, langsam vom Stuhl hochzuziehen pflegte.

Dann gab es noch, unter vielen anderen, Professor Watzlawek. Seine Fächer waren die Geographie sowie die Leibeserziehung – er war der Spontanste von allen, ein Bär von einem Mann. Vor seiner Unterrichtsstunde, als sein Kommen über die Stiege herauf geahnt wurde – das übrigens immer lautlos vor sich ging, als schleiche er sich an –, war es still wie auf einem Friedhof. Nur einmal hatte ein Schüler gemeint, seinem Nachbarn noch einen Scherz zurufen zu müssen, als schon der Gewaltige in der Tür stand. Die große Mappe und das hölzerne Lineal des Professors flogen in weitem Bogen aus dem Türrahmen auf das mehrere Meter entfernte Pult und landeten dort krachend, während sich Watzlawek selbst in rasender Wut seinen Weg durch die neben den Bänken stehenden Schüler bahnte, hin zum Ruhestörer. Das Klatschen der nun folgenden Ohrfeigen drang durch die Gänge hinunter bis zum Geistlichen, der an der Pforte Dienst tat.

Watzlawek war gefürchtet, aber nicht gehasst. Die stille Zuneigung Karls hatte er sich erworben, als eines Tages der schmächtige, hochaufgeschossene Haneburger zur Prüfung antreten musste und Watzlawek ihm, dem Stotterer, Zeit ließ, ihm bei jedem erfolgreich herausgestammelten Wort aufmunternd zunickte und, als Korff ein kurzer Lacher auskam – vielleicht aus Verlegenheit, wie Karl Jahre später dachte –, er diesen mit seinen Schlachterhänden fürchterlich maßregelte. Von da an lachte niemand mehr, wenn Haneburger zu einer Prüfung antrat.

Um diese Dinge drehten sich Karls Erinnerungen, während noch immer zwei oder drei Fleischstückchen auf dem Teller lagen, äußerlich schon weißgrau und ausgetrocknet, mit der erkalteten, verdickten Soße am Teller haftend und einen kleinen Berg bildend, den ersten, den Karl in seinem Leben zu bezwingen hatte.

Damit war der Nachmittag, der Strafe hatte sein sollen, vergangen. Das Hinunterschlucken des letzten Löffels Reis beendete ihn, und Karl dachte im Nachhinein, dass es gar nicht so schlimm gewesen war, hier zu sitzen, mit all den Gedanken an das, was geschehen war. Was blieb, war noch eine Stunde bis zur Abendandacht, und Karl kam auf das Spielfeld gerade zur rechten Zeit, um beim Wählen der neuen Mannschaften dabei zu sein.

Nemetz stand da, unbekleidet bis auf die kurze Sporthose. Selbstbewusst stellte er seinen gut gewachsenen Oberkörper zur Schau, die Hände auf dem Rücken verschränkt, und sammelte seine Mannschaft um sich. Der andere Kapitän war Korff, etwas größer und bulliger als Nemetz, infolge zweimaligen Sitzenbleibens auch zwei Jahre älter als dieser, kein so guter Kopfballspieler wie der, doch berüchtigt für seine Konterangriffe und seine Härte im Spiel, die einige Tage vorher sogar den stürmenden Erzieher – wiewohl letztlich durch dessen eigene Schuld, da waren sich alle einig – ein gebrochenes Bein gekostet hatte.

Korff war mit Hose und Leibchen bekleidet, er stand für die Gegenpartei. Beide hatten jetzt die Arme auf dem Rücken verschränkt, um versteckt mit ihren Fingern Zahlen zu bilden. Sie blickten sich in die Augen, Nemetz rief »Grad!« und Korff »Ungrad!« und beide riefen »A-Do-Megg!« und rissen zugleich die Arme mit den verzifferten Fingern in die Höhe: Nemetz hatte die erste Wahl.

Selbstbewusst gesellte sich einer nach dem anderen zu seiner Partei, bis nur mehr Karl und zwei weitere Burschen zur Auswahl standen. Karl blickte in die Sonne und schloss die Augen. Er hätte lieber mit Nemetz gespielt, aber was, wenn der ihn jetzt, in diesem Moment, wirklich wählen würde? Er müsste mit nacktem Oberkörper spielen, gegen Korff zwar, der ihn oft und oft bei geringster Veranlassung gepeinigt hatte – aber mit nacktem Oberkörper? Karl wollte sein Leibchen nicht ausziehen, er fühlte sich klein und dick, Korff und seine gesamte gegnerische Mannschaft, und schlimmer noch, auch die eigene, ja Nemetz selbst, konnten ihn mit einem Blick vernichten.

»Oberhauser!«, hörte er Nemetz rufen, öffnete erleichtert die Augen und sah, wie der breitschultrige Bauernbub, dem irgendeine außerhalb der irdischen Ordnung stehende Macht in Ermangelung eines brauchbaren Kopfes kräftige Beine mitgegeben hatte, sein Leibchen abstreifte. Gleich rief Korff Karls Namen, »Platz!«, ohne auch nur hinzusehen, während sich der übrig gebliebene Haneburger ohne weitere Aufforderung zur Mannschaft Nemetz gesellte. Doppeltes Glück, dachte sich Karl. Nicht der Letzte und nicht bei den Nackten.

Im abendlichen Schlafsaal war es ruhig geworden. Karl lag unter der Decke, in der einen Hand hielt er eine Taschenlampe, in der anderen einen Abenteuerroman. Gerade wollte er eine Seite umblättern, bemüht, kein Geräusch zu verursachen, als er durch die Wolldecke einen Puffer erhielt. Korff kniete neben Karls Bett.

»Ich weiß nicht«, flüsterte er, seinen Mund weit aufsperrend, »ich habe das Gefühl, als fehlte mir etwas. Könntest du wohl so lieb sein und einmal nachsehen?«

Karl gehorchte ahnungslos, leuchtete mit der Taschenlampe in Korffs Mund.

»Weiter links«, sagte Korff, »musst du schauen!«

Und jetzt sah er es: ein großes Loch in einem der Backenzähne, gerade als ob eine Plombe herausgebrochen wäre.

* * *

Das zweite Ereignis, das Karl zu der Tat veranlasste, die zu seinem Ausschluss aus der Gemeinschaft führen sollte, folgte wenige Tage später an einem Mittwoch.

Professor Skopal nahm die Verteilung der Klassenarbeiten vor, die am Montagmorgen absolviert worden waren. Karl sah dieser Zeremonie mit nicht geringem Grauen entgegen. In Skopals Fach, der Mathematik, hatte er niemals geglänzt.

Wie immer inszenierte Skopal an diesem Mittwoch seinen Auftritt dahingehend, dass die Hierarchie unter den Schülern gewahrt blieb. Namen und Noten wurden verlesen, nach Leistung gestaffelt, also mit »sehr gut« beginnend. Mit dem Verlangsamen seines Vortrages nahm auch die Spannung zu, desgleichen das Grinsen des Professors. Nur wenige Namen waren noch zu verlesen, das letzte »Genügend« hatte Tschurtschenthaler erhalten, der Banknachbar Karls. Diesen blickte Skopal jetzt an: »Platz«, sagte er und zog den Namen genüsslich in die Länge, legte eine Pause ein, zog die Lippen wieder hoch und entließ das Wort in die atemlose Stille: »ungenügend«. Vor Karl stehend, ließ er die Blätter von seinen ausgestreckten Händen auf das Pult fallen, wie um die Nutzlosigkeit der Arbeit zu unterstreichen. »Das wird ein schöner, arbeitsreicher Sommer werden«, fuhr er fort, als freue er sich, Karls Zeugnisnote auszusprechen und die unwiderrufliche Gewissheit, dass im Herbst die Prüfung zu wiederholen sei.

Während Skopal sich die verbliebenen Unglücklichen vornahm, verglich Karl seine Arbeit mit der seines Banknachbarn Tschurtschenthaler, der mit einem »Genügend« davongekommen war. Es war die gleiche Arbeit, da man voneinander abgeschrieben hatte, und der einzige Grund für die unterschiedliche Benotung war, wie Karl erkennen musste, die Tatsache, dass der zarte, stille Tschurtschenthaler von allen Lehrern geliebt wurde. So sehr, dass es Tschurtschenthaler am vergangenen Sonntag, wie mehrere Schüler zu berichten wussten, sogar erlaubt gewesen war, auf dem Rücken Professor Skopals beim Sonnenliegen im Städtischen Schwimmbad die Sonnencreme aufzutragen.

An diesem Mittwoch versäumte Karl das Mittagessen, schlich sich in die Stadt, erstand eine Schachtel Zigaretten, schwänzte das obligate Studium im Studiersaal, rauchte währenddessen im Schlafsaal und ließ sich dabei – seelenruhig auf der Fensterbank sitzend – von Präfekt Kantner erwischen und dem Regens melden. Seine Zukunft in diesem Haus war also zumindest schon fraglich, als er sich am nächsten Tag, während die Klasse vom Studiersaal im ersten Stock hinunter zum Andachtsraum im Parterre ging, von der Seite an Korff heranmachte, den Beginn der langen Marmorstiege abwartete, wo er diesen von der Prozession der Schüler abschnitt und ihn plötzlich, ihm dabei gelassen in die Augen sehend, mittels Beinschere zu Fall brachte und ruhig zusah, wie er sich überschlagend die Stufen hinunterfiel.

Beide verließen sie das Internat noch am selben Tag, Korff im Auto des Präfekten auf dem Weg zum Arzt, Karl mit gepacktem Koffer im Auto der Eltern.

* * *

Gab es die Wiedergeburt? Und wenn es sie wirklich gab, erfolgte sie dann individuell oder kollektiv? Das waren die Fragen, die Karl beschäftigten, jetzt beschäftigten, wiewohl er wusste, dass sich schon Parmenides darüber Gedanken gemacht hatte, vor zweitausendfünfhundert Jahren, und dass die frühen Christen dieser Vorstellung zugeneigt waren, wenigstens in den ersten paar hundert Jahren des Christentums, ehe sie dann in den Apokryphen, den außerkanonischen Schriften, für immer aus der offiziellen Lehre verbannt worden ist. Das war aber nicht Teil des Unterrichts in Gnadenwasser gewesen. Dort hatte man die Schüler nur gelehrt, dass die Tibeter zu dumm zum Beten seien und deshalb unablässig ihre Mühlen drehen mussten.

Doch was Karl jetzt sah, erschien ihm im Nachhinein, Jahre später, durchaus wie eine Wiedergeburt, zumindest eine Erscheinung aus einem anderen Jahrhundert.

Er stand vor der heimatlichen Bergsteigerhütte und beobachtete die hoch gewachsene Figur, die sich gemächlich näherte, schon von Weitem, und erkannte trotz der sonderlichen Verkleidung recht bald seinen alten Kindheits- und Schulfreund Gregor, mit dem er hier verabredet war.

Gekleidet war Gregor wie ein englischer Bergsteiger, der sich im Jahre 1865 aufmachte, um als Erster das Matterhorn zu besteigen. Das einzige Gegenwärtige, das Gregor trug, waren seine Bergschuhe, und auch das, was er alsbald vortrug, schien Karl gegenwärtig zu sein, wenngleich es mit fremder

Tonalität und mangelnder Sprachmelodie dargebracht wurde. Karl verstand ohnehin nichts davon. Sein Kindheitsfreund, den er durch die Jahre in Gnadenwasser aus den Augen verloren hatte, hatte angefangen, das Bergsteigen und seinen tieferen Sinn durch mathematische Formeln zu erklären. Auch wenn Karl ein Vorzugsschüler des berüchtigten Professor Skopal gewesen wäre, hätte er nichts von alledem verstanden, aber er war eben in Mathematik gescheitert und dadurch erst recht dazu verurteilt, seinem Freund staunend zuzuhören, der sich insofern in ungeahnte Höhen steigerte, als er einen möglichen Weltfrieden auch noch mathematisch erklärte, woraus sich zwingend ergab, dass es zum Weltfrieden erst kommen könnte, wenn alle Menschen Bergsteiger würden.

Karl würde diese Formeln nie in seinem Leben verstehen können, aber jener Abend zu Ostern knapp vor seinem vierzehnten Lebensjahr würde ihm immer in Erinnerung bleiben und erst dann einige Aufhellungen erleben, als Gregor viele Jahre später auf achttausend Metern am Kalten Berg für immer verschwinden sollte.

Jetzt aber, in dieser Stunde, als es langsam zu dunkeln begann, verstand Karl überhaupt nichts, weder die mathematischen Formeln noch die Erscheinung Gregors, der wie aus einer Requisitenkammer gekommen schien. Und trotzdem war alles so klar, als sei es immer so gewesen, schon vor sehr langer Zeit, und nur die neuwertigen Bergschuhe Gregors, die so gar nicht zum restlichen Aufzug passten, verrieten das Ziel der beiden Halbwüchsigen, das durchaus gegenwärtig war: die Besteigung der Kristallwand, und zwar in der Nacht. Denn untertags wären sie sicher nicht weit gekommen und von irgendwelchen Erwachsenen davon abgehalten worden. So warteten die beiden bis nach zehn Uhr, als die Hüttenruhe eingehalten wurde und die letzten Lichter ausgingen, mit Ausnahme der starken Freilampe, die von einer Ecke der Hütte leuchtete.

Über ihnen, mit dem aufgehenden Mond, leuchtete die Kristallwand in ihrer silbrigen Weißheit, als wären ihre Pfeiler und Grate aus Wismut gebaut. Karl dachte über die Worte Gregors nach: dass die Rundheit der arktischen Tiere und ihre Größe und damit die Oberfläche ihrer Haut im günstigen Verhältnis zu ihren Organen stehen, große Tiere also den Vorteil haben, dass ihre Körperoberfläche im Verhältnis zum Körpervolumen relativ klein ist und damit auch der Wärmeverlust, und wie Gregor das alles in eine mathematische Formel gebracht hatte. Und er übersetzte gleich für Karl, der nichts von der Formel verstand: Eine Kugel war derjenige Körper mit der kleinsten Oberfläche im Verhältnis zu seinem Volumen. Je runder also ein Lebewesen gebaut ist, desto weniger Energiezufuhr braucht es zur Erhaltung der Körpertemperatur.

Und dann die Schönheit der Kristallwand im Mondlicht: Sie hatte Gregor dazu gebracht, sie in platonischen Körpern zu erklären. Erinnerlich waren Karl am Ende nur Gregors Folgerungen, dass alle diese kristallinen Strukturen auf geometrischen Regelmäßigkeiten basierten.

Zu keinem Zeitpunkt vermochte er zu sagen, ob er dumm war oder intelligent, einmal schien ihm Ersteres, dann Zweites zuzutreffen; manchmal kam ihm die Idee, dass es viele verschiedene Arten von Intelligenz gebe, wie es viele verschiedene Arten von Liebe gibt. Doch nicht einmal dies erschien ihm gesichert. Vielleicht hatte er keinerlei mathematische Intelligenz oder aber im Gegenteil eine sehr hohe, hatte es doch noch niemand geschafft, ihm zu erklären, warum zwei mal zwei vier war. Als Kind hatte man ihm Streichhölzer aus einer Schachtel vorgezählt, immer und immer wieder, *vier*, verstehst du, *vier*, natürlich verstand er, aber glaubte es nicht. Warum gibt es einen Gott? Weil es ihn gibt? Gnadenwassersche Erklärungsmethoden – schon damals. (Viel später, im reiferen Erwachsenenalter, sollte er über Pestalozzi, den Schweizer Erziehungsneuerer, lesen, dass seine Schüler hatten lernen dürfen: Zwei mal zwei ist vier mal eins).

* * *

Um Mitternacht brachen die beiden auf. Karl hatte keine richtigen Bergschuhe, sondern nur innen gefütterte Pelzschuhe mit einer geriffelten, weichen Kreppsohle. Und natürlich besaßen die beiden auch kein Seil. Dieser Wunsch sollte sich erst ein Jahr später erfüllen, in einem Sportartikelgeschäft, mit dem ersparten Taschengeld, wie in einem heiligen Akt.

Aber jetzt kamen sie schnell höher. Manchmal blickte Karl nach unten und betrachtete die Abdrücke seiner Kreppsohlen, die auf dem Harsch mangels Profils nur seichte Einkerbungen hinterließen, kleine abgeschattete Kuhlen in einer vom Mond ausgeleuchteten, glänzenden endlosen Fläche, die sich zum Einstieg der Kristallwand hinaufzog. Dort begann die Wand. Vielleicht waren es auch nur einige ineinander verschachtelte Felsen, nicht sehr steil und nicht sehr hoch, dreihundert Meter etwa, mit den Augen eines erfahrenen Bergsteigers gesehen. Doch jetzt, in diesen Stunden, war es eine wirkliche, ernste Wand für Karl und Gregor. Eine teils helle, teils in ihren vom Mondlicht abgewandten Schluchten düstere steile Wand, in der man längliche Streifen glänzenden Eises vermuten musste.

Nur selten blickte Karl zurück und hinunter. Die seichten Stapfen verschmolzen der Tiefe zu mit dem ungewissen Licht und dem Widerschein des Schnees. Flackernd und wie im Vorüberfahren die Sterne. Die weißen Flächen langsam ins Blau wechselnd. In diesem dunklen und zugleich ungewissen Blau wie kosmische Partikel die widerglänzenden Kristalle. Als spiegelte sich der Himmel. Zugleich in ihnen die Helligkeit eines neuen Tages. Die durchsichtiger werdende Scheibe des Mondes, als löste sie sich auf. Am Beginn der Felsen erreichten sie den kältesten Punkt, wie immer in der Stunde, die sich zwischen Tag und Nacht nicht entscheiden kann. Karl stapfte mit den Füßen gegen einen Stein und schlug die Arme kreuzweise gegeneinander. Den Rucksack hatte er währenddessen nicht abgenommen, um den schweißnassen Rücken nicht dem stärker werdenden Morgenwind auszusetzen. Den Zustand des Tages musste man jedoch noch als Dunkelheit bezeichnen.

Trotzdem stiegen sie los. Durch eine rinnenartige Einkerbung in der Wand, die ihnen ihre Ängste vor der Ausgesetztheit nahm, kamen sie schnell höher. Zwar ragten immer wieder, verirrten großen Pilzen gleich, Schneepolster aus der Wand, die der Wind geformt hatte und die teilweise mühsam überstiegen werden mussten (ein kaltes Vergnügen; der rieselnde Schnee in den Ärmeln und im Gesicht), doch leisteten dabei Felszacken, kleine Pfeiler, die aus der Rinne ragten, eine große Hilfe. Schließlich waren sie auf dem Grat angekommen und mit ihnen das Tageslicht.

Doch wie seltsam sah dieser Grat aus. Er wirkte mit seinen Zacken wie eine Ansammlung von ermatteten und dennoch einschüchternden müden alten Büßern, die Seite an Seite und manchmal Rücken an Rücken saßen. Wie untereinander uneinige Büßer, als hätten sie sich zerstritten, als wären sie einander auf der langen Fahrt fremd geworden in ihrer Gleichheit und säßen nun da, noch immer ein wenig Stolz in ihrer gebückten Haltung, und sahen in entgegengesetzte Richtungen. Ein Pilgerzug, der an einem Wegrand zum Stillstand gekommen war. So saßen sie, einer hinter dem anderen in leicht ansteigender Richtung dem Gipfel zu, und als sich Karl in seiner aufkommenden Müdigkeit kurz auf den Rucksack setzte, um zu rasten, schien es ihm, als hätten einige dieser Figuren durchaus menschliche Formen, Köpfe, Antlitze, die ihn in ihrer Vertrautheit an das erinnerten, dem er eben entstiegen war.

Siebenhundert Höhenmeter unter ihnen lag die Kristallwandhütte. Nur die Freilampe, an einem Eck der steinernen Außenmauern angebracht, leuchtete in den stärker werdenden Morgen hinein. Sie brannte immer, auch bei Tage, wie es die Vorschrift des Alpenvereins bestimmte. Für die verirrten Bergsteiger im Nebel und in der Nacht.

Karls Blick folgte dem langen, gewundenen Bergtal nach unten und außen, der Ebene zu, dem breiteren Tal, das wie der leicht abgewinkelte Arm eines Menschen zwischen den großen Bergketten verlief, eine Aneinanderreihung von schmalen Leuchtketten, die sich in der Mitte des Tales zu einem unerhörten Muskel verdickten.

Targanz und die Korff'schen Werke. Dort wurden Dinge produziert und in die Welt verkauft, die man brauchen konnte. Aber noch mehr Dinge wurden produziert und in die Welt verkauft, die niemand wirklich brauchte. Das war das Hauptgeschäft von Korff und hatte ihn und seine Großfamilie reich gemacht. Ihretwegen hatte es Karls Vater, seine Mutter auf diese Hütte verschlagen, und Karl damit nach Gnadenwasser. So saßen sie schweigend nebeneinander, die beiden kindlichen Abenteurer, auf ihren umgedrehten Rucksäcken. Die Stimmung zwischen ihnen war feierlich, und doch konnte Karl ein wenig später nicht anders, als an jenen Tag zurückzudenken, als er am Ende des ersten Besuchssonntags die Hütte wieder verlassen sollte, um nach Gnadenwasser zurückgebracht zu werden. Zu dieser Stunde hatte ihn eine so abgrundtiefe Verzweiflung und Angst überkommen, dass er sich weinend an das Sofa in seinem bescheidenen Zimmer geklammert hatte und ihn schließlich seine Eltern in brutaler und gemeinsamer Kraftanstrengung losgerissen und zum Auto gebracht hatten.

Ihm kam auch jener Tag in den Sinn, als der Mann der Köchin den damals elfjährigen Karl bei der Hand nahm, sie umdrehte und seelenruhig seine Zigarette auf dem Handrücken ausdrückte. Das Auslöschen der Zigarette auf dem Handrücken des Elfjährigen war für Karl wie eine Besiegelung dessen, was am ersten Oktobersonntag, dem ersten Besuchstag, geschehen war. Es war wie eine Bestätigung des unmenschlichen Losreißens vom Sofa und zeigte Karl, dass dieses Losreißen kein nebelhafter Schemen war, den man aus der Erinnerung löschen möchte, sondern die Brandnarbe war ein Siegel des endgültigen Alleinseins, der Auslöschung jeder emotionalen Verbindung Karls zu seinen Eltern, die ja ihrerseits, sinn- und hilflos, alles unternommen hatten, ihn als Sohn zu behalten. Doch für Karl war es aus und vorbei zwischen ihnen, wenn auch gefolgt von fürchterlich schlechtem Gewissen, vielen Jahren des schlechten Gewissens, länger, viel länger, als die jahrzehntelange Heilung bis zur Unsichtbarkeit der Narbe benötigte.

Doch wie sehr sich Karl auch bemühen sollte: Das eingefrorene Kind von damals würde nie wieder auftauen. Das Kind hatte sich schon lange nach einer Ersatzfamilie umgesehen. Und endlich hatte es sie gefunden: Es waren die Bergsteiger, und Gregor, der noch immer schweigend neben Karl saß, war einer von ihnen.

* * *

Einige darauffolgende glückliche Ereignisse waren es, die Karl von seiner selbst empfundenen Waiseneinsamkeit weiter befreiten. Zum einen traten sie, Karl und Gregor, der Alpenvereinsjugend bei. Zum anderen kauften sie sich mit dem ersparten Taschengeld ein Kletterseil – das erste in ihrem Leben. Das Seil war vierzig Meter lang und elf Millimeter dick, die Abnützung hatte es später pelzig und dicker und etwas steifer gemacht. Im Sommer roch es nach Sommer und Fels und Erde. Auch im Winter roch es nach Sommer und Fels und Erde, und nur wenn es vereist war, verschloss es seine Botschaften, bis die Tage wieder länger wurden. So konnte es auch nicht lange dauern, bis sich die beiden jungen Kletterer an ihre erste Route im sechsten Grad wagten. Es war die Martinswand. Die beiden Heranwachsenden durchstiegen die vierhundert Meter hohe Wand zügig und souverän und ohne Angst. Am letzten Standplatz roch es schon nach Erde und nach Kranebittstauden und Frühsommergras, und sogar den Felsen vermeinte Karl zu riechen, oder es waren alle diese Düfte im Seil enthalten, als er es langsam und stetig einzog und seinen Gefährten über das letzte Stück der Wand herauf sicherte. Aber es war mehr als diese Düfte, dachte Karl, es war die Freiheit und die Verbindung zu seinem Gefährten und die Verbindung zur Welt, und es war das Vertrauen zur Welt und zu den Menschen.

Und weil Karl an diesem Tag seinen fünfzehnten Geburtstag hatte, schien alles so orchestriert, dass es ihm fast zu viel des Guten war: Gregor schenkte ihm eine Schallplatte mit dem Ersten Klavierkonzert von Tschaikowski, und Karl hörte zu Hause mit nassen Augen das grandiose Werk, während er die Hülle der Schallplatte in den Händen drehte und wendete, mit der Fotografie von George Szell und Emil Gilels darauf, dem großen Dirigenten und dem großen Pianisten.

Am nächsten Tag trafen sie sich im Haus des Alpenvereins zum wöchentlichen Heimabend. Sie waren etwa fünfzehn junge Frauen und Männer. Und alle waren von der gleichen Hingabe durchdrungen. So sangen sie ihre Lieder und sahen sich dabei in die Augen und lächelten sich zu. Das war die Zeit der großen Freundschaften und auch der ersten Lieben. An solchen Abenden sangen sie von acht Uhr abends bis Mitternacht und wiederholten dabei kein einziges Lied und kannten fast ein jedes auswendig, während einer von ihnen sie auf der Gitarre begleitete. Immer endeten solche Abende mit tragischen Liedern, so etwa: »… gleich ist mir jede Stelle, wo ich auch find mein End, seh ich nur Wolken ziehen, ruhlos am Firmament.« Und sie alle sangen die Lieder mit einer solchen Inbrunst, wie sie nur eine solche junge Gemeinschaft hervorbringen konnte, in dieser kurzen Zeit von wenigen Jahren, gleich wie die Freundschaften, ja die Liebe zueinander, und Jahre später würde das alles verweht sein und Erinnerung.

Nun hatte Gregor nicht nur Karls Liebe zum Klettern geweckt, sondern auch zur Musik, und prägend, wie es die frühen Jahre bei Menschen nun einmal sind, sollten die Musik von Tschaikowski und die hellen Kalkfelsen für immer in Karls Gedächtnis eingemeißelt sein wie die zehn Gebote, die Moses einst vom Berg herunterbrachte.

So war es auch kaum verwunderlich, dass sich Karl und Gregor bei der Wahl ihrer Routen nicht nur von den zu erwartenden Schwierigkeitsgraden leiten ließen, sondern auch von der Melodie ihrer Namen. Andächtig sagten sie Namen wie Cima Su Alto oder Croz del Altissimo oder, mit etwas düsterem Unterton, Nordwestwand der Riepen oder Gonda-Verschneidung des Oberreintaldoms und sie sprachen sie wie diejenigen von Heiligtümern aus.

Auch der Name Bruno Detassis gehörte dazu, wiewohl er ein Mensch und kein Fels war. Auf der Brenteihütte, die Bruno seit Menschengedenken bewirtschaftete, waren Karl und Gregor jetzt angekommen. Hier hatte er auch seine unauslöschlichen Spuren hinterlassen als junger Kletterer, denn Bruno Detassis hatte zu den Besten gehört. Er wurde auch »König der Brenta« genannt. Hätte man jemals ein brauchbares Portrait des Freibeuters Sir Francis Drake gesucht, hier wäre man fündig geworden, auf der Brenteihütte und mehr als vierhundert Jahre später. Und hier, vor der Brenteihütte, hatten die beiden Freunde ihr winziges, einwandiges Zelt aufgestellt und die Nacht darin verbracht, während sie jetzt, schon die Rucksäcke auf den Schultern, ihre wenigen Brocken Italienisch zu sammeln suchten, um ihrem Gegenüber, dem Piraten, etwaige Ratschläge über die geplante Route und das Wetter zu entlocken. Ja, das Wetter. Das war im Brentagebirge ein eigenes Geheimnis, für die beiden Gefährten enigmatischer als es jede verschlüsselte Botschaft eines Geheimdienstes der Welt sein konnte. Denn die Brenta war für ihre unvorhersehbaren Wetterstürze berühmt, und so blickten die beiden Neuankömmlinge erwartungsvoll ins bärtige Gesicht des berühmten Pioniers dieses Gebirges und warteten ergeben auf eine Antwort. Da trat Bruno einen Schritt nach vorne, griff bedächtig an den rechten Oberarm von Karl, drückte ein wenig, wie um sicher zu gehen, dass er keiner Täuschung unterlag, schien schließlich mit seiner Überprüfung zufrieden und sagte nur ein Wort, während er mit der Handkante in seine andere Armbeuge schlug und sie damit nach oben federte: »Al attacco!«

Nachdem es an diesem Morgen schon einmal geregnet hatte, dann der Himmel wieder wolkenlos geworden war, aber recht bald gefolgt von einem halbstündigen Hagel und dann wiederum blauem Himmel, war es nun Mittag, als Karl und

Gregor am Einstieg ihrer Wand angekommen waren und die Seile bereit zum Klettern machten. So seilten sie sich an und kletterten nach einem kurzen Händedruck los, abwechselnd führend, während der andere von seinem Standplatz aus sicherte. Nach drei oder vier Seillängen fanden sie, dass sie die Seile ebenso gut weglegen und auf den Rücken binden und seilfrei weiterklettern könnten. Denn der Fels war fest und hell und trocken und nicht schwieriger als im fünften Grad. Aber weil sie nunmehr schon einmal angeseilt waren und keinerlei Eile vonnöten schien, da der Abstieg laut Beschreibung sehr kurz war, blieben sie angeseilt und stiegen leichten Herzens höher. Und wirklich waren sie bald auf dem Gipfel dieser stolzen Felsnadel und blickten auf den magischen Felsgarten mit den riesigen Wänden im abendlichen Licht. Karl zog den Führer aus seiner Gesäßtasche, das war ein kleines Buch über dieses Berggebiet, in dem alle Routen und alle Abstiege beschrieben waren. Auf der Rückseite der Nadel seilten sie sich über die Gipfelwand ab und erreichten ein Schotterband, das um die ganze Nadel zu führen schien, so wie es für diesen Gebirgsstock kennzeichnend war. Nun stand geschrieben: »Dieses Band verfolgt man bis zu dem linken (im Abstiegssinn) zweier Kamine, über den man weiter abseilt.«

Karl und Gregor, in blindem Vertrauen auf das Geschriebene, fädelten die Seile durch die Schlinge der Abseilhaken und fuhren, einer nach dem anderen, die senkrechte Wand hinunter. Auf einem kleinen Standplatz mitten in der Wand war abermals eine Abseilschlinge durch zwei Haken gezogen, für jeden Kletterer normalerweise ein Zeichen, dass sich hier schon jemand weiter abgeseilt hat. Also verbanden die zwei Freunde wieder ihre Seile mittels Spierenstich durch die Schlinge und fuhren weiter die Wand hinab. Sie landeten auf einem breiten Schotterband, und da waren wieder zwei Abseilhaken, verbunden mit einer Schlinge. Karl blickte die Wand hinunter. Sie war so überhängend, dass er keinen Wandfuß erkennen konnte. Und jetzt, in der rasch einfallenden Dunkelheit, erkannte Karl, dass sie hier in der Falle saßen. Dass diese Abseilroute ins Nichts führte und die falsche Beschreibung im Führer sie in die Irre geführt hatte.

Viele Jahre später sollte Karl von einem Trentiner Bergretter die wahre, grausige Geschichte erfahren: Zwei junge deutsche Brüder waren ebenso der falschen Beschreibung gefolgt und waren von dem Schotterband, auf dem sich Karl und Gregor jetzt befanden, abwechselnd weiter nach unten gefahren. Der erste war am Ende der Seile angelangt, ohne einen weiteren Standplatz zu finden, und war bald auch am Ende seiner Kräfte. Als er loslassen musste, fiel er in freiem Fall etwa zweihundert Meter und hatte das unglaubliche Glück, auf einem steilen Schneefeld aufzuschlagen, das sich zur Osterzeit noch dort befand, dort langsam abzubremsen und so am Leben zu bleiben. Sein Bruder folgte ihm nun, kam ebenso am Ende der Seile an und musste loslassen. Aber er hatte kein Glück und schlug wenige Meter von seinem Bruder entfernt auf einem Felsen auf. Alles das war ein halbes Jahr vor Karls und Gregors Begehung vorgefallen.

Nun aber standen Karl und Gregor auf dem Schotterband und starrten in die aufkommende Dunkelheit. Sie mussten so rasch wie möglich einen Platz zum Sitzen finden. Sie ebneten einen Teil des abfallenden Schotterbandes mit ihren Bergschuhen ein, breiteten ihre Seile darauf aus und setzten sich auf sie. Was nun auf sie zukam, sollte zweifelsfrei die längste Nacht ihres jungen Lebens werden. Und das Schlimmste war, sie hatten keine Ahnung, wo sie sich befanden. Sie waren mitten in einer senkrechten Wand, fehlgeleitet und ohne Idee, wie sie wieder zurück zu ihrem Ausgangsort und der richtigen Route finden konnten. Noch waren sie vom Klettern aufgewärmt, aber bald schon sollte das unaufhörliche Zittern beginnen, und vereinzelt mussten sie im aufkommenden Oktoberwind die ersten treibenden Schneeflocken erkennen. Sie waren nur dünn bekleidet, denn sie hatten erwartet, dass sie, wie es die Beschreibung vorgab, in einer guten Stunde wieder zurück an der Hütte waren.

Karl war trotz der nagenden Ungewissheit über den nächsten Tag zum Scherzen zumute und er fragte Gregor, wie das mit den arktischen Tieren damals gemeint war, vor drei Jahren, mit ihrer Rundheit und der mathematischen Formel dazu.

»Rund ist besser als kantig«, antwortete Gregor, aber er lachte nicht. Er war einen Kopf größer als Karl und weniger stämmig. »Wegen der günstigeren Oberfläche«, fügte er hinzu, puffte jetzt mit seinem Ellenbogen Karl in die Seite und lächelte doch ein wenig. Jedoch war sein Zittern jetzt schon deutlich spürbar, dabei hatte die Nacht erst begonnen. Diese Bergnacht sollte den Freunden eine lange Zeit zum Nachdenken geben, länger, als sie andere Menschen in ihrem ganzen Leben haben.

Am Abend tönen die herbstlichen Wälder
Von tödlichen Waffen, die goldnen Ebenen
Und blauen Seen, darüber die Sonne
Düster hinrollt: umfängt die Nacht ...

Das waren die Deklamationen von Gregors Großvater, wenn Karl zu Besuch kam und von Gregors Mutter zusammen mit der Familie und dem Großvater Kaffee und Gugelhupf serviert bekam. Der Großvater Gregors hatte die Schlacht von Gródek miterleben müssen, im Jahre 1914, und jetzt war er sehr alt und es fiel ihm nicht mehr ein als diese vier Zeilen des

Dichters Georg Trakl, der ebenso die Schlacht erlebt hatte, und er wiederholte sie ständig wie ein Echolot. Bei jedem seiner Besuche hörte Karl diese Wiederholungen. Und trotzdem hatte Karl noch das Gefühl, in einer heilen Welt zu Besuch zu sein, wiewohl er öfters vorher das Gerücht gehört hatte, dass Gregors Vater keinesfalls sehr friedfertig war.

Erst als Gregor einmal bei einer gemeinsamen Klettertour bei jeder Anstrengung stöhnte und Karl fragte, was ihm denn fehle, erfuhr er, dass Gregor angeblich zu Hause über die Holzstiege gestürzt war und sich zwei oder drei Rippen gebrochen hatte. Wie konnte ein gut trainierter sechzehnjähriger Kletterer von einer Stiege fallen und sich die Rippen brechen? Aber Karl befragte ihn damals nicht weiter.

Er dachte über seinen eigenen Vater nach. Der schien das genaue Gegenteil. Niemals war Karl geschlagen worden. Aber er verhielt sich so, dass Karl oft wochenlang mit einem schlechten Gewissen behaftet war, aber niemals den Grund dafür herausfand: Wenn ihm irgendetwas an Karls Verhalten nicht passte, zog sich der Vater tagelang schmollend zurück wie ein Kind und sprach nicht oder kaum mehr mit Karl. Und Karl fragte sich jetzt, als sie zunehmend frierend auf ihren Seilen saßen und in die Nacht starrten, welche der beiden Varianten wohl die weniger verletzende war.

Karl blickte auf die Leuchtziffern seiner Uhr. Es war erst acht Uhr abends. Nun fing auch er zu zittern an. Diese verdammte Ungewissheit! Nun fielen ihm die Augen zu, und als er sie wieder aufschlug und vermeinte, stundenlang geschlafen zu haben, stellte er beim Blick auf die Uhr fest, dass erst zehn Minuten vergangen waren. Gregor hatte jetzt so stark zu zittern begonnen, dass sich Karl daranmachte, ihm den Rücken und die Oberarme zu massieren. Aber er hielt nicht lange durch, weil ihm die Krämpfe über seine Unter- und

Oberarme bis in den Rücken liefen. Nun versuchte Gregor es seinerseits bei Karl, aber es erging ihm gleich.

Karl hielt Gregor damals für einen großen Geist – und mit Recht, nicht nur weil er mathematisch und musikalisch so begabt und gebildet war. Aber wie es bei großen Geistern nicht selten ist, hatte auch Gregor zwei Gesichter, oder genauer, ein ganzes Prisma von Gesichtern: Eines, das Tschaikowski und Mendelsohn und Max Bruch hörte und Gedichte in seinem Tagebuch verfasste, und ein anderes, rätselhafteres, düsteres, das sich etwa zeigte, wenn er nachts beim Nachhausekommen sich im Garten seines Elternhauses immer im Kreise drehte, mit halb geschlossenen Augen, mit zu den Sternen gerichteten Augen, mit hoch aufgereckten Armen und Händen sich langsam im Kreise drehte, als versuchte er, etwas Unerreichbares zu erreichen, und er nicht dazu zu bringen war, sein Elternhaus, sein Zimmer zu betreten, sosehr sich Karl auch darum bemühte. Das war oft lange nach Mitternacht, und Karl wusste, dass Gregors Vater oft sehr früh aufstand, um der Jägerei nachzugehen, und Karl fürchtete sich davor, dass er Gregor in diesem Zustand anträfe, und versuchte einmal sogar, Gregor mit einem Kinnhaken niederzustrecken, aus reiner Freundschaft, und ihn dann in sein Zimmer zu tragen, über die knarrende Holztreppe, an Gregors Elternschlafzimmer vorbei. Aber Gregor war viel größer als Karl und wich jedes Mal geschickt aus und hörte in seinem Drehen nicht auf. Und Gregor hatte noch ein weiteres Gesicht: Es genügten schon ein oder zwei Glas Wein und dann begann er, die Luft aus verschiedenen Fahrrädern und Mopeds zu lassen, wollte dann auch unbedingt in die Besteckschubladen eines Restaurants urinieren und dem nächsten erreichbaren Polizisten die Dienstkappe über die Nase ziehen.

Einmal, als sie nach Mitternacht nach Hause kamen, hatte er die fixe Idee, das Nachbargrundstück umzugraben, was Karl ungemein belustigte, denn Gregor konnte seine Vorhaben sehr originell vortragen. Aber er konnte Gregor dennoch überzeugen, dass dies keine gute Idee war, denn dazu hätte man Stunden benötigt.

Und wieder ein anderes Mal begann er mitten in einer schwierigen Wand, eine makabre Ballade zu singen. Sie hatten eine vor ihnen kletternde Seilschaft eingeholt und beobachteten nun, wie der Seilschaftsführende etwa zwanzig Meter über ihnen sich mit der Schlüsselstelle abmühte. Der Bedauernswerte stand kurz vor einem gewaltigen Sturz, da begann Gregor laut und vernehmlich mit nasaler Stimme in der Art und Weise eines Kirchenliedes zu singen:

Es ist ein Schnitter, der heißt Tod
Hat G'walt vom Großen Gott
Heut wetzt er das Messer
Es schneidt schon viel besser
Bald wird er drein schneiden
Wir müssen's erleiden
Hüt dich, lieb's Blümelein.

Dieser Text wirkte nicht sehr aufbauend auf den Seilschaftsführenden, wie man unschwer bemerken konnte, und Karl rechnete sekündlich damit, dass der Ärmste einen Riesensturz an ihnen vorbei täte, aber es gelang ihm dann doch mit letzter Kraft, die Stelle zu überwinden. Karl fand im Stillen nur zwei Punkte der Entschuldigung für Gregors Verhalten: Erstens war der Kletterer über ihnen um fünfzehn Jahre älter, und zweitens, und das war noch nachteiliger anzumerken, führte er immer das große Wort, auch bei seinen Interviews im Radio.

Karl zwang sich nun, für eine lange Zeit nicht mehr auf seine Uhr zu sehen. Aber als er weiße Nebel aufsteigen sah und vermeinte, den Tagesanbruch zu erkennen, blickte er erneut auf das Ziffernblatt und sah, dass es erst Mitternacht war. Es waren nur die aufsteigenden weißen Nebel des Brentaflusses gewesen, der ihre Sinne täuschte, und das Zittern ging weiter.

Und die Erinnerungen:

Oberhalb von Targanz gibt es einen Moränenhügel aus der letzten Eiszeit. Hierher pflegten sich die beiden Freunde zurückzuziehen, wenn sie wieder einmal nicht nach Hause wollten, alle beide nicht. Dieses Mal hatten sich die beiden Fünfzehnjährigen noch eine Flasche Vermouth besorgt, in der Konditorei Dal Ponte, deren ältere, sehr freundliche Besitzerin geflissentlich und großzügig über die Minderjährigkeit der beiden hinwegsah. Dann saßen sie auf ihrem Hügel, tranken abwechselnd aus der Flasche, blickten auf die Lichter des Dorfes und träumten von fernen Zielen mit exotischen Namen: der Cho Oyu, der Dhaulagiri, die Annapurna. Der Nanga Parbat natürlich auch. Seltsamerweise gehörte der Mount Everest nicht dazu und sollte niemals dazugehören. Denn ihre Ziele mussten sehr entlegen und nicht so berühmt sein, und sie mussten möglichst melodiös, geheimnisvoll und zugleich schaurig klingen. Dazu eignete sich der Mount Everest nicht, weil er schon damals zu berühmt war und jeder dorthin wollte.

Während die Nebel weiter stiegen und ein frischer Oktoberwind die Freunde am Zittern hielt, dachte Karl über die letzten Erlebnisse zu Hause nach. Sein Freund führte mittlerweile schon eine länger dauernde Beziehung zu einem Mädchen, das immer auf den Müllkübeln vor ihrer elterlichen Wohnanlage saß, im selbst gestrickten Pullover, und wieder strickte und strickte und auch sonst recht revolutionäre Ansichten hatte, wohingegen das letzte Erlebnis Karls ein dralles, lebenslustiges Bauernmädchen aus dem Nachbardorf gewesen war, das genaue Gegenteil ihres Vaters, der ganz bestimmt ein Großmeister des Ironiedefizits war, schlimmer, es gab niemanden, der ihn schon einmal lächeln gesehen hatte. Freilich, so sagte man, habe er in der Gefangenschaft in Sibirien »viel mitgemacht«, aber Karl wurde dann die Sache doch zu gefährlich. Ein Held war er nur in der Senkrechten, aber nicht in der Waagerechten.

Wieder versuchten sie, sich abwechselnd zu massieren, aber die Krämpfe kamen bei jedem Mal noch schneller und zogen sich über den Latissimus von den Schultern bis in den Rücken und umklammerten sie noch eine ganze Weile.

Gegen Ende der Nacht glaubte Karl eine Zeit lang, seinen Gefährten nicht mehr atmen zu hören. Aber sein Atem schien nur etwas flacher geworden zu sein, und vielleicht war Karl auch zu sehr auf sich selbst konzentriert, um etwas anderes zu vernehmen als sein eigenes Atmen.

Langsam, ganz langsam schien es endlich grau zu werden, aber die Ungewissheit lastete nun noch mehr auf ihren Schultern. Denn sie hatten noch immer keine Ahnung, wo sie wirklich waren. Was sie wussten, war einzig und allein die Tatsache, dass sie wieder zurückmussten, die ganze Wand hinauf, über die sie sich abgeseilt hatten. Aber wie sollte das gelingen, und wo würde es dann weitergehen? Wo wäre auf diesem Schotterband die richtige Abzweigung hin zum entscheidenden Abseilhaken?

Nun wurde es wirklich heller und heller, und sie blieben noch eine Weile sitzen wie eingefroren, bis sie endlich aufstanden und die schmerzenden Glieder streckten.

Gregor war an der Reihe, die nächste Seillänge vorauszusteigen. Sie seilten sich an. Gregor ging über das Band hinüber zum Einstieg in die Wand, von der sie heruntergekommen waren. Es war ein seichter, senkrechter Kamin. Dort blieb er stehen. Dann lehnte er seine Unterarme an den Felsen und legte seinen Kopf auf sie. Eine Weile stand er so da und bewegte sich nicht. Und auf einmal brach es aus ihm, ein dünner, wässriger Schwall an Erbrochenem. Dann sank er auf die Knie, drehte sich um und lehnte nun mit dem Rücken am Felsen, über den er hätte hinaufsteigen sollen.

Karl kletterte nun alles voraus, bis zum besagten Schotterband, und plötzlich war alles ganz klar und wäre es immer gewesen, wenn sie nicht auf den fatalen Fehler im Führerbüchlein und die falschen Haken hereingefallen wären. Sie querten das Schotterband und waren sofort bei den richtigen Abseilhaken und in kurzer Zeit im Schuttkar und rannten hinunter zur Hütte.

Am Vortag hatten sie ihre Schlafsäcke auf das Dach des Zeltes zum Auslüften gelegt und auch die Turnschuhe vor das Zelt gestellt. Aber nun stellten sie dankbar fest, dass der Pirat alles fein säuberlich ins Zelt gelegt und ausgebreitet hatte.

II

Über dem Indischen Ozean lag ein ölig grüner Morgenhimmel. Er war einer magentafarbenen Dämmerung und einem roten Mond gefolgt. Das Meer wurde glasig und flach wie ein Spiegel. Eine sonderbare Stille setzte ein.

Da begann ein Surren wie von unsichtbar in der Luft gezogenen Drähten, und der Horizont, eben noch grün, war beinahe schlagartig schwarz geworden, als hätte man ihn zugemauert. Die Mauer verlief vertikal vom Meer bis zur Sonne, die, gerade noch sichtbar, von einem großen Hof umgeben war, dessen offene Seite andeutete, aus welcher Richtung der Wind dieses Gebilde in Bewegung setzen würde; es glänzte nun matt und schwarz wie behauener Mondstein.

Und es setzte sich in Bewegung. Als hätte jemand mit dem einzigen Schlag einer Axt alle Ankertrossen auf einmal gekappt, setzte sich die Mauer in Bewegung, fuhr wie auf Schienen mit der Geschwindigkeit eines Eilzugs über das Wasser, glatte, zinnfarbene, riesenhafte Ozeanroller hinter sich nachziehend, auf die Küste Indiens zu, die bei Kap Kormorin wie ein Schiffsbug nach Süden weist, und verriet in ihrer Dichte und Konsistenz noch nicht die Neigung, sich an diesem Bug zu teilen.

Mit einem wummernden Donnerschlag trafen sie sich, die Mauer und der Schiffsbug, und für Minuten schien es unmöglich auszumachen, welches der beiden Gebilde nun eigentlich in Bewegung war, so sehr hatte der Himmel immer dunklere Schattierungen von Schwarz angenommen, bis er sich gleichsam selbst auslöschte.

Wie Peitschen knallten die Flaggen auf den wenigen Schiffen im Hafen von Trivandrum, der südlichsten Stadt Indiens, und endlich wurde die Luft flüssig, mit einem schwirrenden Geräusch prasselte der Regen auf die Meeresoberfläche – kurz: Der Monsun war losgebrochen.

Die Mauer teilte sich endlich, musste sich an diesem Schiffsbug des Kontinents in zwei Arme teilen, diese sich wiederum verwandeln und einmal als dichtes, schiefergraues Zelt aus Regen, dann wieder als Fontäne aus schwarzen Wolken spiralförmig nach Norden bewegen. Derart umfasste der Monsun den ganzen Subkontinent mit diesen seinen Armen, Häuser abdeckend, Bäume entwurzelnd, Tausende im Hochwasser ertränkend und Millionen vor dem Verdursten und dem Hungertod rettend, zerstörend und befruchtend zugleich.

Die Mauer des Monsuns vertrieb den staubtrockenen, leeren Himmel über Indien, zog über ein Land, das noch Stunden vorher unter einer fiebrigen, monatelang anhaltenden Hitze wie apathisch dagelegen war; ein tröstlicher, kühlender Regen, der geheimnisvolle Duftwogen von Jasmin durch die Zimmer der Häuser trieb und smaragdgrüne Ebenen und lavendelfarbene Hügel hinterließ.

Vier Wochen später waren die beiden Arme an der Südabdachung des Himalayas angelangt, einem riesigen Hindernis aus Eis, Fels und Schnee, das die beiden Arme wieder zusammenführte, sie wieder zum Ursprung führte, zur *einen* Zelle, als wären sie durch Abkühlung zur Vernunft gekommen. Derart entlud sich der Monsun endgültig aus der obersten Troposphäre in Form von Hagel, Schnee oder Graupel, der nun hier, im letzten Lager des Kalten Berges, mit einem schwirrenden Klopfen an das winzige Zelt schlug, in dem zwei Bergsteiger sich ihr Abendessen zubereiteten.

Die beiden Männer hielten in ihren Beschäftigungen beinahe zugleich inne – der eine im Umrühren des Suppentopfs, der andere im Schreiben des Tagebuchs – und hoben lauschend die Köpfe. Nur mehr das ziehende Surren des Benzinkochers war zu hören und das geschmeidige Rauschen der Graupelkörner auf dem Nylon der Zelthaut.

»Der Monsun«, sagte Karl und blickte Gregor durch den aufsteigenden Dunst des Suppentopfes an, beobachtend, abwartend, fragend. Der andere richtete sich aus dem Schlafsack auf. Trotz der rasch einsetzenden Dunkelheit im Zelt hätte jeder Außenstehende die große Ähnlichkeit zwischen den beiden bemerkt, ihre geraden, kantigen Nasen, die trotz ihrer Jugend schon ausgeprägten, energischen Züge um den Mund, die durch die Anstrengungen der vergangenen Tage noch stärker ausgeprägten Augenhöhlen, deren unterer Grund, die Tränensäcke, bei Karl glatt und flach, bei Gregor jedoch leicht angeschwollen waren, als hätte sein Organismus nicht mehr die Kraft gehabt, das in ihnen befindliche Zellwasser abzuleiten. Ein Hinweis auf ein beginnendes Ödem, das für den Betroffenen mangels eines Spiegels nicht sichtbar, seinem Gegenüber aber durch das zyklisch die Dunkelheit der Zelthöhle durchdringende Licht der Kocherflamme klar erkenntlich war. Sie bildeten ein seltsames Nebeneinander aus Ausgemergeltheit und scheinbarem Überfluss: kleine Wülste in einem knochigen, dünnhäutigen Gesicht.

»Der Monsun«, wiederholte Karl, diesmal bestimmter, und drehte die Benzinzufuhr des Kochers höher. Gregor wandte seinen Kopf etwas ab, als spräche er zu einem anderen, sich außerhalb des Zeltes Befindlichen, den es zu beschwören galt; das Licht der höher werdenden Flamme zog eine scharfe, dunkle Trennlinie zwischen Wülsten und Jochbeinen.

»Er legt manchmal Pausen ein«, sagte er leise, »zwei, drei, fünf Tage. Du weißt es genau wie ich.«

»Wie geht es dir?«, fragte Karl.

»Gut!«, sagte Gregor: »Sehr gut.« Er beugte sich wieder vor und öffnete den Zelteingang. Vom Graupeln war nichts mehr zu hören. Sie steckten beide die Köpfe hinaus. In einem unendlichen Schwarzblau schwamm glitzernd ein Sternenmeer.

»Zehn Strich«, sagte Karl, mehr zu sich selbst. »Zehn Strich, und seit einer halben Stunde fast einen Strich mehr.«

Es war drei Uhr morgens, durchdöste Stunden einer nicht enden wollenden Nacht lagen hinter ihnen. Er hielt den Höhenmesser in der linken Hand, betrachtete abwechselnd das Glas der Anzeige und seine braungebrannten Finger, die von feinen, tiefen Längsfalten durchzogen waren: Dehydration. Sie hatten nicht genügend Flüssigkeit zu sich genommen.

»Gestern hat er sechstausend angezeigt, und heute weist die Nadel auf sechstausendeinhundert. Eher einhundertfünfzig.«

»Es ist wolkenlos«, sagte Gregor und zog den Kopf aus dem Zelteingang zurück. »Der Luftdruck fällt natürlich auch in den Pausen des Monsuns. Als hielte der den Atem an.«

»Dann wird's wohl noch eine Weile halten.«

»Bestimmt, antwortete Gregor, stellte den mit Schnee gefüllten Topf auf den Kocher und verschloss das Zelt. Karl hielt das Feuerzeug an den Kocher, er sprang sofort an.

Das Zelt war fest verankert und der Eingang hinter ihnen gut und dicht verschlossen. Der Schnee knirschte, als sie hintereinander die wenigen Schritte zur Steilwand taten. Sie markierten diese letzten Meter mit Fähnchen, die sie in den Schnee steckten, um das Finden der Unterkunft auch bei schlechtem Wetter zu erleichtern. Sie stiegen, von den Rucksäcken niedergedrückt, die folgende, vielleicht dreihundert Meter hohe Eisflanke hintereinander hoch, ohne einmal stehen zu bleiben. Der als Zweiter Steigende orientierte sich jeweils am Ersten, den Blick auf die Absätze geheftet, auf die Steigeisen, deren gleichmäßiges Einschlagen in den eisigen Untergrund einen immer gleichen Sprühregen aus Eissplittern und rieselndem grobkörnigem Schnee bildete. Die Sonne war unerwartet schnell hinter den sägezahnförmigen Bergen heraufgestiegen, die sie vor einer Woche beim Anmarsch zum Kalten Berg passiert hatten. Sie schalteten ihre Stirnlampen aus, blieben dabei aber nicht stehen, und behielten sie weiterhin auf dem Kopf, um den Ablauf ihrer Bewegungen nicht zu unterbrechen.

Der mondhelle Himmel der Nacht hatte Schlieren gezeigt, auch war es im Verhältnis zur Meereshöhe bei Weitem zu warm gewesen, und einmal hatte Karl sogar seinen Schlafsack bis zum Bauch geöffnet und war, in das Dunkel ihrer Behausung starrend, die Arme unter dem Nacken verschränkt, eine Weile so gelegen, den Weiterweg des kommenden Tages vor sich. Auch jetzt hatte der Himmel keinesfalls die dunkelblaue und zugleich klare Tönung, die an verlässlichen Schönwettertagen in großen Höhen des Himalayas zu beobachten ist. Es war wolkenlos und doch wartete, als hätte sich das Blau hinter dünnem Milchglas versteckt, eine Tönung, die ohne erkenntlichen Übergang sehr schnell zu Weiß, zu Sturm, zu Kälte werden konnte.

Sie hatten ihr Funkgerät, das sie mit dem Basislager verband, im letzten Zelt zurückgelassen, fest entschlossen, den

Gipfel innerhalb der nächsten zwei Tage zu erreichen. Sie wollten keine Diskussionen darüber hören und keine Ratschläge entgegennehmen, denn sie waren in den letzten Wochen die Leistungsfähigsten der Gruppe gewesen. Sie würden die Führung nicht mehr abgeben.

Nach drei Stunden zügigen Steigens waren keine Anzeichen von Ermüdung zu erkennen. Ihre Höhenmesser zeigten sechstausendfünfhundert Meter an und sie stiegen noch immer, als befänden sie sich in den Alpen und viertausend Meter tiefer. Sie hatten aus Gewichtsgründen auch das Seil zurückgelassen und meisterten den folgenden, von Längs- und Querspalten durchzogenen Eisbruch, indem sie mit etwas Abstand zueinander stiegen – der Zweite sich nicht mehr am Ersten orientierend, vielmehr selbst den Blick auf die bestmögliche Route gerichtet – und sich dann und wann ihre Vorstellungen zuriefen: »Weiter links, über die große Schneebrücke!« oder »Hier herüber und am Ende des Hanges nach links!«

Fähnchen, um ihren Rückweg zu markieren, hatten sie längst keine mehr. Sie waren schnell, und sie wussten es. Der Abstieg war weit weg, irgendwo jenseits des Gipfels, der nun wie ein Turm in ihnen stand und alles andere, die Zweifel, die Ängste, beiseiteschob; ein Turm, der sich schablonengleich in sie und über sie geschoben hatte, ihre beiden Konturen verwischend, ihnen vielleicht neue Formen verleihend, die bisherigen auflösend, als wäre alles eins geworden mit der Unmöglichkeit, ihren Körper, ihren Geist oder den Gipfel noch jemals allein stehen zu sehen. Ihr Steigen war also nicht ein äußeres nur, vielmehr genauso richtig ein inneres zu nennen.

Und doch wartete am Ende dieser ruhigen, fast meditativen Tätigkeit noch eine Nacht, die sie von ihrem Ziel trennte, und die nun rasch nahte, beschleunigt durch den immer stärker getrübten Himmel. Eine Nacht im winzigen Sturmzelt, das sie auf dem Rücken trugen, mit Stunden des Zweifelns, des Ausharrens und Bangens.

Sie stellten das Zelt unter einen großen Eisüberhang, um sich vor Lawinen zu schützen, und nutzten die verbleibenden eineinhalb oder zwei Stunden des Tageslichts, um Schnee zu schmelzen und so die notwendige Flüssigkeit herzustellen, die ihre Körper während des Tages verloren hatten.

»Hast du Kopfschmerzen?«, fragte Karl, an seinem Becher nippend.

»Nein. Und du?«

»Auch nicht.«

Sie hatten die Thermosflasche für die Nacht gefüllt und sie zwischen ihre Schlafsäcke gelegt. Sie lagen schon in ihnen, die Reißverschlüsse bis zum Kinn gezogen, sorgfältig durch den offenen Mund ihre Atemzüge nehmend, wartend.

»Wir waren schnell«, sagte Karl.

»Ja«, sagte Gregor, und nach einer Weile: »Glaubst du, dass wir zu schnell gestiegen sind? Zu hoch gestiegen sind?«

»Nein.«

Aus den Augenwinkeln sah Karl, wie Gregor seinen Kopf hielt, für einen Moment nur und doch wie unter starkem Schmerz, und er wusste, dass sie sich beide belogen hatten.

* * *

Wie hatte dieses ihr neues Abenteuer angefangen? Karl war nach Hause gekommen, er bewohnte schon lange eine eigene Wohnung. Da hatte es an der Tür geklingelt. Otto stand da, der Briefträger. Neben ihm Zeus, sein großer Hund. Zeus wedelte freudig mit dem Schwanz, als er Karl sah, und bekam dafür umgehend ein Stück von seiner Bergsteigerwurst. »Was hast du denn heute für mich?«, fragte Karl. Otto wedelte ebenso, aber mit dem Brief in seiner Hand.

»Das wird etwas Besonderes«, sagte er. »Ich habe mir erlaubt, den Absender zu lesen. Den Namen kennt jeder!«

Karl nahm den Brief und öffnete ihn im Beisein Ottos. Es war die Einladung eines bekannten Expeditionsleiters zu einer Himalayafahrt. Karl wurde beinahe schwindlig vor Freude. Otto hatte sich schon wieder umgedreht und ging, er rief noch zurück: »Und, habe ich zu viel versprochen?«

Karl sah dem seltsamen Menschen lange nach. Konnte der Gedanken lesen?

Die älteren Leute im Dorf erinnerten sich, dass Otto einst eine ungeheure Erbschaft gemacht hatte, von einer kinderlosen Tante. Und dass es wenig mehr als zwei Jahre gedauert hatte, bis Otto wieder auf seinem alten Fahrrad vergnügt durch den Ort fuhr und die Post austeilte, gefolgt von seinem riesigen Zeus.

Etwas mehr als zwei Jahre hatte er gebraucht, der Otto, um seine Millionen durchzubringen. Manche erzählten, Otto sei dafür mit drei Taxis nach München gefahren und hätte dort die ganze Nacht ein Bordell samt Insassen hochleben lassen. Im ersten Taxi sei er, Otto, gesessen, im zweiten Zeus, sein Hund, im dritten sein Hut. Man erzählte sich auch, dass Otto im Gasthaus, in durchaus nüchternem Zustand – denn betrunken hatte man Otto noch nie gesehen –, von einem Versicherungsvertreter und allerseits bekannten Spitzbuben überredet worden sei, einige der ererbten Grundstücke ihm, dem Spitzbuben, zu einem lächerlichen Preis zu verkaufen. Und Otto hatte eingewilligt und sogar eine Art Vorvertrag auf einem Bierzettel unterzeichnet, den die Kellnerin auf Wunsch des Spitzbuben eilig gebracht hatte.

Aber, so berichteten zwei ältere, dem Otto wohlgesinnte Männer, die dabei gewesen waren, Ottos Gesicht hätte dabei Züge des Mitleids, ja der Trauer angenommen, wie man es an Gesichtszügen von ganz alten, vergeistigten, fast verweiblichten Männern beobachten kann. Es war, als hätte Otto etwas vorhergesehen, was sich ohnehin ereignete und auf keinen Fall hätte aufhalten lassen. Der Versicherungsvertreter jedenfalls hatte an seinem Handel keine lange Freude, denn er fing zu spielen an, so munkelte man, in großem Stil. Und einige Jahre später starb er, und niemand wusste warum.

Diejenigen Männer, die die Trauer in Ottos Gesicht bemerkt hatten, glaubten jedenfalls die Geschichten von den Taxis und dem Bordell nicht. Sie behaupteten, dass Otto den Rest seines Vermögens verschenkt habe, an wohltätige Organisationen, mit Hilfe eines Innsbrucker Notars, und dass er, als er endlich wieder mittellos war, gleich vergnügt wie früher auf seinem alten Fahrrad die Post verteilt habe, gefolgt von seinem treuen Zeus. Von ihm sagte er übrigens, dass er, Otto, ihm untertan sei. Denn noch niemals hätte er Zeus einen Wunsch verwehrt.

Jedenfalls gab es im Dorf zwei entgegengesetzte Lager, was die Einschätzung von Ottos Umgang mit seiner Erbschaft betraf. Die einen hielten ihn für einen Taugenichts oder, noch schlimmer, für einen Vollidioten. Keine Frage, dass diese Partei in der Mehrheit war. Das andere Lager bestand aus den wenigen Männern, die die Trauer in Ottos Gesicht – im Gegensatz zu den anderen Beobachtern – wahrgenommen hatten, als er dem Spitzbuben auf dem Bierzettel ihre Vereinbarung mit seiner Unterschrift bestätigt hatte. Dieses andere Lager fand, dass Otto erleichtert gewesen war und zu seiner alten Heiterkeit zurückgefunden hatte, als er die Last des vielen Geldes losgeworden war.

So war die Lage der Erinnerung, die Karl hier, in diesem Zelt, am drohenden Beginn des Monsuns überkommen hatte.

Von Schlaf konnte natürlich keine Rede sein, höchstens von einem zeitweiligen, sekundenlangen Dahindämmern. Im Licht der Stirnlampen verglichen sie immer wieder den Stand ihrer Höhenmesser mit demjenigen, der sich ihnen bei ihrer Ankunft im Hochlager am Nachmittag gezeigt hatte. Nach Mitternacht mussten sie feststellen, dass die Nadel in den letzten acht Stunden wiederum um zehn Strich gestiegen war und eine Höhe von siebentausendvierhundert Metern anzeigte anstatt von siebentausenddreihundert.

»Schlechtwetter«, sagte Gregor.

»Ich nehm jetzt eine Tonopan«, sagte Karl. »Du auch?«

»Besser, du gibst mir zwei.«

»Ja. Aber pass auf. Das Zeug wirkt atmungshemmend.«

»Mir egal. Ich möchte nur die Kopfschmerzen loshaben.«

Karl löste die Tabletten aus der Packung und reichte sie ihm. Auch er selbst nahm zwei. Sie spülten sich die Medizin mit der Flüssigkeit aus der Thermosflasche hinunter und legten sich wieder auf den Rücken.

»Und?«, fragte Karl nach einer Viertelstunde. »Wie geht's?«

»Gut. Und dir?«

»Auch.«

»Morgen werden wir es schaffen.«

»Ja.«

»Du klingst nicht sehr überzeugt. Man möchte fast meinen, dass du jetzt lieber absteigen würdest.«

»Sollte ich vielleicht.«

»So kurz vor dem Ziel?«

»Ziel, Ziel. Weißt du noch, wer das gerufen hat?«

Ziel? Wann hatte er das zum letzten Mal gehört? Da fiel es Karl ein. Und Jahre später sollte er noch darüber nachdenken:

Was waren das für Vorahnungen gewesen? Und war die Erinnerung an diese Vorahnungen nur deshalb so bleibend, nur deshalb zu Bedeutung geworden, weil sie wirklich eingetroffen waren? Dies sollte Karl erst Jahre später zu Bewusstsein kommen.

»Ja«, sagte Karl jetzt, sich plötzlich erinnernd. »Der, den sie Dorftrottel nannten. Der hat uns nachgerufen: Ziel, Ziel ...«

Sie lagen beide auf dem Rücken und das nun folgende Schweigen war von ihrer beider Erinnerungen an die letzte frühsommerliche Klettertour vor dem Aufbruch zum Kalten Berg ausgefüllt.

* * *

In Karls Wagen war es trotz geöffneter Scheiben unerträglich heiß: Die Heizung ließ sich nicht abstellen. Endlich hatten sie den Sellapass erreicht, es ging abwärts, die zunehmende Geschwindigkeit verschaffte etwas Kühlung. Das Tal wurde breiter, und die unerhörte Schönheit der Berge dieses Landes staffelte sich der Ferne zu bis zum Mittelmeer: die bleichen Berge der Dolomiten, die schlanke, aus Türmen und Zinnen bestehende Rosengartengruppe und die mächtige, hellgraue, an der Nordseite vergletscherte Punta Penia.

Vor einem Dorfgasthaus parkten sie den Wagen. Durch einen längeren Gang, im Halbdunkel die richtige Türe suchend, erreichten sie die Gaststube, in der sie eine überraschende Kühle umfing. Kaum hatten sie an einem der Tische, die in den Lichtstreifen der Fenster standen, Platz genommen, als sie eine Stimme, es musste die des Wirtes sein, hörten: »Es ist geschlossen!«

Karl sah zu einem der vielen anderen Tische in ein dunkles, getäfeltes Eck, an dem vier Männer saßen, dem Anschein nach Bauern, in blaue Schürzen gekleidet, die zur Tracht des Tales zu gehören schienen. Nun stand der Wirt an ihrem Tisch.

»Zwei Kaffee bitte«, sagte Karl.

»Haben wir nicht«, sagte der Wirt.

»Was gibt es dann?«

»Schnaps. Oder Bier.«

»Also zwei Bier«, sagte Karl.

Sie hörten den Wirt die Schubladen des Schanktisches öffnen und wieder schließen, bis er halblaut murmelte: »Kein Bier mehr.«

»Aber am Nebentisch trinkt man doch auch Bier«, rief Karl ungeduldig, auf die gefüllten Gläser weisend, die vor den Bauern standen.

»Allerdings« sagte der Wirt. »Dann werde ich im Keller nachsehen.«

Er öffnete die Tür und ging zum Gang hinaus. Plötzlich drangen, wie von weit entfernten Räumen, Rufe und ein dumpfes Pochen durch die offen gelassene Türe. Bald erschien der Wirt wieder und hatte einige Flaschen unter den Arm geklemmt, zwei davon stellte er gleich, sie mit einem an der Schürze hängenden Öffner aufmachend, vor Karl und Gregor hin.

»Was ist das für ein Lärm?«, fragte Karl.

»Lärm?«, sagte der Wirt. »Ich höre nichts. Hört ihr etwas«, wandte er sich an die Tischgesellschaft, »etwas wie Lärm?«, und drehte sein Gesicht gleich wieder zu Karl.

»Nein, wir hören nichts«, antworteten sie einstimmig.

»Du siehst also«, bestätigte der Wirt, »wir hören nichts.«

Karl ging zur Tür und öffnete sie.

»Warum hört ihr denn nichts?«, fragte er, halb den Bauern, halb Gregor zugewandt, und ging in den Gang hinein, der sich bald im Dunkel verlor. Das Rufen hatte aufgehört, an seine Stelle war regelmäßiges Pochen getreten. Karl, der durch den Gang eilte, sich dabei einige Male in Nebengängen verlief, ehe er wieder in den Hauptgang zurückfand, war vor Aufregung etwas außer Atem, daher wartete er nun ein wenig, weil ihm kurz schien, als käme das Pochen von ihm selbst, von seinem eigenen Herzschlag. Da hörte er es wieder deutlicher und folgte ihm. Die Augen hatten sich ein wenig an die Dunkelheit gewöhnt, was nicht verhindern konnte, dass er immer wieder an Gegenstände stieß, die man achtlos abgestellt hatte. Nach einiger Suche stand er vor einer Tür.

Es war eine Klotüre. Der Schlüssel steckte von außen. Karl öffnete. Ein junger Mann sah ihn Hilfe suchend an, ergriff seine Hand, schüttelte sie und wollte sie nicht mehr loslassen. Durch die langen Gänge zurück suchte sich Karl, den jungen Mann noch immer an der Hand, aus dem Dunkel zu lösen, mit der einen Hand tastete er sich an der Rauheit der Mauern entlang, der Weg schien ihm ewig, bis sie – man schien nur einen kleinen Teil des Gebäudes zur Bewirtung zu verwenden – wieder die Gaststube erreichten.

»Warum habt ihr ihn eingesperrt?«, fragte Karl.

»Er ist der Dorftrottel«, sagte einer der Bauern rasch, gleich sein Gesicht wieder unter der Hutkrempe verbergend.

»Es ist nur zu seinem Besten«, bekräftigten auch die anderen drei wie im Chor.

»Er hat es gut hier«, sagte der Wirt. »Am Sonntag nach der Messe darf er sogar mit dem Bürgermeister Karten spielen.«

»Heute ist doch Sonntag«, sagte Karl.

»Ja, heute ist Sonntag«, nickten sie.

»Er spielt aber nicht Karten.«

»Der Bürgermeister ist nicht hier.«

»Wo ist er denn?«, forschte Karl weiter.

»Er ist nicht da. Er ist nie da«, sagte der eine Bauer, der den Hut ins Gesicht gedrückt hatte.

»Er ist ein viel beschäftigter Mann«, sagte der Wirt nicht ohne Stolz.

»Ich bin Hydrauliker«, sagte der junge Mann plötzlich und ahmte, die Tischgesellschaft umrundend, die Geräusche eines Fahrzeugs nach, die Arme vor dem Körper abgewinkelt, einem Schneepflug ähnlich, der den Tisch vor sich zuschütten will.

Kaum hatte er die Worte ausgesprochen, schaltete einer der Bauern das Radio ein, das gleich hinter ihm in der Ecke angebracht war. Er drehte den Geräuschpegel weit auf, es war die Übertragung der Sonntagsmesse, man konnte jetzt nichts mehr im Raum hören außer Orgelmusik und Sprechen. Karl blieb stehen und betrachtete das Radio. Es war ein großes, schweres Gerät, man hatte es mit Blumen aus Plastik dekoriert, und es war leicht zu ersehen, dass es eigentlich als Mittelpunkt des Raumes gedacht war.

»Nun ist es aber genug«, sagte Gregor. Augenblicklich wurde das Radio ausgeschaltet. »Das wird reichen«, sagte er, einen Geldschein auf den Tisch legend, und zu Karl gewandt: »Wir müssen weiter.« Sie verließen die Stube und setzten sich ins Auto.

»Nimmst du mich mit?«, fragte der Behinderte beim offenen Seitenfenster herein.

»Das geht nicht«, sagte Karl.

»Warum?«

»Du siehst ja«, antwortete Karl, auf den Rücksitz weisend, »das ganze Fahrzeug ist voll. Alles voller Kletterausrüstung!«

»Dalassen!«, drängte der Junge. »Mich mitnehmen!«

»Siehst du«, sagte Karl geduldig zu ihm, »wir haben so lange gespart, um uns die Ausrüstung zu kaufen. Wir können sie nicht dalassen.«

Der Junge lächelte. »Warum?«, fragte er wieder.

»Wir würden unser Ziel nie erreichen«, sagte Karl hastig und kurbelte das Fenster hoch.

»Ziel«, hörte er den jungen Mann verständnislos rufen. »Ziel.«

Dann stand er mit einem Mal, die Arme gegen den Himmel gestreckt, die Finger gespreizt, sich in einem seltsamen Tanz langsam um die eigene Achse drehend, auf dem durch die Hitze aufgeweichten Asphaltstreifen neben ihrem Wagen. Als Karl dies sah, wurde ihm für einen Moment bange. Denn es erinnerte ihn an das ominöse Verhalten Gregors, wenn der nicht nach Hause wollte. Das Geräusch des startenden Fahrzeugs schien ihren seltsamen Bekannten wieder zu sich zu bringen. Leichtfüßig und wie spielerisch lief er neben dem Fahrzeug her und noch eine Weile hinten nach, bis sie ihn, durch das Gefälle der Straße eine höhere Geschwindigkeit erreichend, aus dem Rückspiegel verloren.

* * *

»Vielleicht hatte er recht«, sagte Gregor nach einer Weile des Schweigens.

»Seltsam, dass dir das jetzt einfällt.«

»Wir hätten ihn mitnehmen sollen.«

»Du hast vielleicht Ideen.«

»Du warst es, der ihn freigelassen hat.«

»Wohin mitnehmen?«, fragte Karl.

»Ja, wohin?«, gab Gregor zu. Er wandte sein Gesicht zu Karl, oberhalb der Jochbeine zeichneten sich, stärker als am Tag vorher, seine geschwollenen Tränensäcke ab.

»Er war auf seinem Weg«, bemerkte er wie abschließend, »und wir sind jetzt auf unserem.«

»Wie spät ist es?«

»Elf.«

»Um zwei brechen wir auf.«

»Ja.«

»Zehn oder zwölf Stunden für den Gipfelgang, drei oder vier Stunden für den Abstieg hierher.«

Am nächsten Morgen war alles Qual. Das Herausschlüpfen aus dem Schlafsack, das Bedienen des Kochers, das Anlegen der Schuhe und Gamaschen. Ihre Augenhöhlen pochten im Takt des Herzschlags, und sie mussten sich zwingen, einige Bissen vom mitgebrachten Proviant zu essen: Dörrobst und Schokolade. Sie traten vor das Zelt. Die Schichtbewölkung der Nacht hatte wider Erwarten noch einmal aufgerissen und es zeigte sich ein wässrig blauer Himmel. Stoßartig schien ein warmer Wind von allen Seiten zugleich zu kommen. Karl verschloss das Zelt und umrundete es noch einmal, um die Verankerungen zu prüfen.

»Wenn der Schnee tief ist, haben wir keine Chance«, sagte Gregor, auf die ungeheuren, nicht enden wollenden Hänge starrend, die gegen den Gipfel zogen.

»Ich gehe vor«, sagte Karl.

Er brach schon beim ersten Schritt bis zu den Waden ein. Er bemühte sich, gleichmäßig zu steigen – zwei Atemzüge und ein Schritt – und nicht stehen zu bleiben, bis nicht fünfzig Schritte gemacht waren. Dicht hinter ihm folgte Gregor und blieb stehen, wenn er stehen blieb, stützte sich auf die Stöcke, wenn er es tat, und wartete mit ihm, wenn er wartete, hechelnd, keuchend, vom Höhenhusten geschüttelt.

Noch immer stieg Karl als Erster, und noch immer sank er bis zu den Waden in den Schnee und hielt vergeblich Ausschau nach einer Flanke, die der Wind blank gefegt hatte. Die Anzahl der Schritte zwischen den Rasten war weniger geworden, und jedes Mal, wenn sie auf einer Erhöhung angekommen waren, mussten sie enttäuscht feststellen, dass der Gipfel noch beinahe gleich weit entfernt war wie beim Aufbruch am Morgen. Schon lange war kein Wort mehr zwischen ihnen gefallen und ihre Verständigung nur mit Blicken ausgedrückt. Resignation in den Augen Gregors, wenn Karl zu ihm hinsah, und in seinem eigenen Blick, wenn er sich von ihm abwandte, der Stelle zu, wo der Gipfel liegen musste. Seine eigenen Kopfschmerzen schienen verflogen zu sein oder nach unten gesunken, bei manchen Schritten fuhr ihm ein stechender Schmerz durch den Unterleib und nicht selten, wenn er dadurch innehalten wollte, fühlte er sich gleich wieder durch eine gewaltige Kraft nach vorne geschoben, als wäre sein Weiterkommen nicht eine Obliegenheit seiner selbst. Gregor machte keine Anstalten vorauszugehen, einen Teil der Spur zu legen, und hatte, wenn Karl sich zu ihm drehte, nur angefangen, stumm und langsam mit abgewandtem Blick den Kopf zu schütteln.

Sie rasteten nun bei jedem vierten oder fünften Schritt, und Karl erkannte, dass sie so den Gipfel nie erreichen würden. Wieder lag eine Kuppe vor ihnen, und wieder schien sie nur ein Trugbild des Gipfels zu sein. »Wenn dort der Schnee nicht besser wird«, hörte Karl sich sagen, »und der Gipfel in Reichweite rückt, müssen wir umdrehen.«

Gregor nickte nur.

Es konnten nicht viel mehr als hundert Schritte gewesen sein, oder hundertfünfzig, als sie auf der Kuppe ihre Oberkörper auf die Stöcke stützten. Als die gröbsten Schwindelgefühle verflogen waren, sahen sie den Gipfel. Etwa hundert Meter von ihnen entfernt richtete er sich, aus dunklem Stein und abgeblasenem Schnee bestehend, sanft aus der weiten, weißen Fläche auf.

Ermutigt stieg Karl weiter, und die Rasten wurden wieder seltener. Der Abstand zu Gregor hatte sich etwas vergrößert und der blasse Himmel des Morgens sich schon wieder beschlagen. Zwar kam die Sonne noch durch, doch war es ein dunstiges Zwielicht, in dem sie nun höher wankten, und als Karl sich einmal umdrehte, sah er, dass Gregors Körper keinen Schatten mehr warf.

* * *

Der Gipfel des Berges war Nichts, und die Aussicht war alles und Nichts, Spiegelbilder in den Augen eines Reichen mit leeren Händen.

Der Abstieg verlief anfangs schneller als erwartet, dunkle Wolkenbänke im Norden ließen sie ihre letzten Kräfte freilegen. Als Erster abkletternd war es Karl, als hätte er ein kurzes Auflachen hinter sich gehört. Er schenkte ihm keine Beachtung, widmete sich der Route und den Nebeln, die durch die Schluchten des Berges höher krochen. Im letzten Licht des Tages fand Karl ihr winziges Sturmzelt wieder. Weit oben, im beginnenden Schneetreiben, sah er einen dünnen, schwankenden Strich näher kommen. Der Schnee im Kochtopf war schon zu Wasser geschmolzen, als er Gregor vor dem Zelt hantieren hörte. Er wartete, dass sich der Reißverschluss öffnete, aber es geschah nichts. Durch das Summen des Kochers und das Knallen der Zeltplane im beginnenden Sturm hörte er Wortfetzen. Mühsam sich aufstützend, öffnete er den Eingang, Flockenwirbel schlug ihm ins Gesicht. Gregor saß im Schnee.

Auf Karls Anrede reagierte er nicht, er lachte nur leise vor sich hin. Karl packte ihn beim Kragen des Sturmanzuges, schrie ihm ins Ohr, erfuhr keine Reaktion, schlug ihm mit der flachen Hand ins Gesicht, schließlich schleifte er ihn ins Zelt.

Nur die Erinnerung gab Karl Gewissheit, dass es Gregor war, der sich neben ihm im Schlafsack befand. Andere Hinweise für die Existenz des Freundes waren mit der rasch einbrechenden Nacht verloren gegangen, hatten sich aufgelöst wie sein bis zu diesem Zeitpunkt vertrautes Gesicht, das nun im Widerschein des Kochers und der zeitweilig eingeschalteten Stirnlampe durchsichtig und glatt leuchtete. Auch seine Bewegungen hatten sich verändert und ähnelten noch am ehesten jenen, die er damals, vor Anbruch ihrer ersten Kletterfahrt, gezeigt hatte. So betrachtete Karl ihn, den völlig fremd Aussehenden, staunend, und fragte sich heimlich, ob nicht er selbst es war, dessen Bewusstsein sich verändert hatte, wie man es schizophrenen Kranken nachsagt. Um dies herauszufinden, setzte er einmal an, Gregor darüber auszufragen, ob er selbst vielleicht Ähnliches mit ihm, Karl, empfand, doch Gregor hörte nicht hin und lächelte nur, als Karl ihn an der Schulter nahm und schüttelte.

In jener Nacht erfuhr Karl von seinem halluzinierenden Gefährten, wer er schon aller hatte sein müssen: Zurbriggen, der große Bergsteiger des 19. Jahrhunderts, der Kaiser und Könige führte. Der dem Alkohol verfiel und als Sechzigjähriger freiwillig aus dem Leben schied. Ein Bergsteiger aus der Vorkriegszeit, der bei Arras fiel. Ein gefeierter Pianist, der sich wegen Auftauchens eines Konkurrenten das Leben nahm.

Es schneite die ganze Nacht hindurch. Gegen Morgengrauen hörte Karl das erste noch ferne Grollen von Lawinen und das Aufschlagen von Steinen, sie klangen wie ein Pochen an das Tor des Unheils.

Würden sie jetzt nicht absteigen, es könnte nie mehr geschehen, sie befanden sich weit oberhalb der Grenze, die ein längeres Ausharren zulässt. Gregor machte keine Anstalten, sich für den Abstieg zu rüsten, er lag nur da, blickte starr auf die Kuppel des Zeltes und murmelte leise vor sich hin: »Künstler lieben Dachgeschosse.«

»Hängst du so wenig an deinem Leben?«, fragte Karl. »Willst du nicht nach Hause?«

»Ziel«, sagte Gregor nur. »Ziel.« Seine Stimme war tonlos.

»Ja«, sagte Karl, um ihm zu helfen. »Ich erinnere mich.«

Karl zog ihm mühsam die Handschuhe an und schob ihn ins Freie, da stand er und wankte zwischen den Flocken. Also gut, deutete ihm Karl zu, sie würden endlich aufbrechen. Jenseits von Gedanken begann er, die Spur zu legen, nur hinunter, hinunter. Als er kurz innehielt, um zu verschnaufen, sah er den Freund noch immer vor dem Zelt stehen. Er hatte die Handschuhe ausgezogen, auch seine Mütze, und in den Schnee geworfen und hielt die Arme weit in den Himmel gestreckt, die Finger gespreizt. Schwer atmend arbeitete sich Karl den Weg zurück, setzte ihm die Mütze auf, hob die Handschuhe auf, und in einem stummen Zweikampf versuchte er, sie ihm anzuziehen, was ihm schließlich, fast mit Gewaltanwendung, gelang. Wieder drehte er sich um und stapfte abwärts, spürte aber, dass ihm niemand folgte.

Diesmal war das Spiel noch mühsamer, noch hartnäckiger hielt der Freund seine langen Arme in die Höhe, die Finger gespreizt, als würden sie nicht zu ihm gehören, als wären sie mangelhafte Werkzeuge, die zu beherrschen dem Beherrschtesten nicht gelänge, untreue Knechte einer guten Seele, die man auf natürlichem Weg nicht abschütteln kann. Wie damals, der Irre vor dem Gasthaus, dachte Karl.

Noch einmal gelang es ihm, die Handschuhe über die Hände Gregors zu streifen, aber helle Ringe tanzten bereits vor seinen Augen und trübten seine Wahrnehmung. Die Spur war schon wieder halb zugeweht, wie ein Büffel machte er sich erneut an die Arbeit. Nach vielleicht dreißig Schritten stützte er sich auf den Eispickel, um zu verschnaufen. Aus den Augenwinkeln sah er, wie der Freund vor dem Zelt saß. »Geh nur voran, ich komme nach«, hörte er ihn rufen. Und Karl gewahrte im selben Moment, dass er seinen linken Arm nicht mehr fühlte, er wollte ihn hochheben, aber der Arm gehorchte ihm nicht mehr; von den Fingerspitzen lief die Gefühllosigkeit, die Lähmung bis zur Schulter und pflanzte sich von da bis zur Herzgegend als ziehender Schmerz fort; nun musste er gehen, musste hinunter, denn er wusste, was dies alles bedeutete.

Aber noch einmal stapfte er zu Gregor zurück und schaffte es sogar, dass er ihm einige Schritte folgte. Dann blieb er wieder stehen und reckte seine Arme gegen den Himmel. Ratlos blickte ihn Karl an. Da sank Gregor nieder, und es herrschte eine große Friedlichkeit, so schien es Karl, als Gregor jetzt seine Augen schloss. Gregors Wangen und die Hände waren schneeweiß, und Karl konnte keinen Puls mehr fühlen. Schließlich wandte er sich um und stapfte, schwer atmend, immer schwärzer werdende tanzende Kreise vor den Augen, nach unten.

* * *

Am Tag seiner Ankunft im heimatlichen Flughafen war es Karl, als würde ihn ein kalter Luftzug streifen. Vorausgegangen war, dass falsche oder zumindest irreführende Meldungen über den Äther gegangen waren. Schließlich war der Ausgangspunkt der Informationen ja ein entlegener Militärposten mitten im Himalaya gewesen, ausgestattet nur mit einem alten Funkgerät, in das der diensttuende freundliche Soldat, umgeben von einigen Untergebenen und ständigen

Zwischenrufen, laut brüllen musste, um in Kathmandu verstanden zu werden. Und von Kathmandu war es noch einmal eine halbe Welt bis Europa. Kein Wunder, wenn jetzt, auf der Aussichtsterrasse des Flughafens, die Angehörigen von Gregor darauf warteten, dass er, Gregor, aus dem Flugzeug stieg, weil einige Radiomeldungen von einem Vermissten geredet hatten. Und zwar von Karl als Vermisstem.

In einigem Abstand stand Karls Vater, und als nun die Gangway des kleinen Flugzeugs ausgeklappt wurde und Karl zur Terrasse hinüberwinkte, hatten sich die Angehörigen von Gregor schon umgedreht und waren bald nicht mehr zu sehen. Die Begrüßung durch Karls Vater verlief förmlich. Offensichtlich konnte er nicht verzeihen, dass Karl seine Familie schon wieder verlassen hatte, und dieses Mal länger als je zuvor, und er konnte nicht anders, als dieses Vergehen seinem Sohn zu zeigen. Schon wieder also dieses Schmollen, das Karl nur allzu bekannt war.

Einzig Otto, der Briefträger, berichtete Karl – allerdings Jahre später –, dass sich der alte Mann beim Erscheinen Karls über die Augen gewischt hatte und doch die Tränen nicht hatte zurückhalten können.

Doch jetzt, in dieser Förmlichkeit des Begrüßens, erinnerte sich Karl an die Geschichten seines Vaters von der Eismeerfront. Wie leid es ihnen getan hätte, als sie die einheimischen Finnen in die Birkenwälder jagen mussten, weil sie ihre Dörfer anzündeten, anzünden mussten, weil ihnen sonst der Russe den Weg abgeschnitten hätte, abschneiden musste. Wohl hatte Karls Vater bei diesen Schilderungen nasse Augen, und musste sie haben, gleich wie die Finnen, die Norweger, die Russen, die sie hassten, die sie hassen mussten.

Dies alles hatte er Karl als Siebenjährigem erzählt, oder war er schon acht gewesen? Später sprach er nicht mehr davon, als hätte er damit alles ungeschehen machen können, alles vergessen machen. Aber ein Kind vergisst niemals etwas, und ohnehin war damals alles im Gesicht des Vaters niedergeschrieben gewesen, genauso wie es jetzt im Gesicht des Vaters niedergeschrieben war, auch ohne sichtbare Tränen.

Dies alles war wie ein Gleichnis. Karl verstand erst viel später, dass er in eine Familie der Gleichnisse hineingeboren war. Hier gab es keine Umarmungen. Stattdessen gab es Umschreibungen: Gleichnisse.

Und er selbst, Karl? War nicht auch sein eigenes Leben ein Gleichnis? War nicht das Bergsteigen ein Kürzel dafür, wie man mit den teuersten Begriffen des Lebens umging: Liebe, Heimat, Sehnsucht?

Und hatte ihm der Vater als Kind nicht auch vom *Rückzug* erzählt, wie er mit seinem Lastwagen in Richtung Süden gefahren war und ihn ein deutscher Offizier aufgehalten und gebeten hatte, ihn mitzunehmen bis Magdeburg, von wo er stammte. Und der Vater fuhr mit ihm nach Magdeburg. Doch sie fanden nur mehr eine Trümmerwüste. Sie fanden das Haus nicht, wo der Mann gewohnt hatte, und nicht seine Familie. Sie fanden nicht einmal mehr die Straße, wie sehr sie auch suchten.

Konnte man von Menschen, die Derartiges erlebt hatten, noch große Gefühlsäußerungen erwarten, dachte sich Karl an jenem Tag bei der Ankunft am Flughafen. Da überkam Karl ein tröstliches Verstehen. Und jedes Mal, wenn ihm in Zukunft etwas an seinem Vater rätselhaft erschien, erinnerte er sich der Birkenwälder und Magdeburg.

In den nächsten Wochen mied Karl die Menschen im gleichen Maße, wie er sich nach ihnen sehnte. Der Tote in ihm selbst ließ ihn in menschenleere Täler wandern, Feuersalamander und Frösche beobachten und flache Steine über einen kleinen Bergsee tanzen lassen.

Nur einmal bekam er Besuch von einem Herrn, der ihn bat, das Geschehene vom Kalten Berg niederzuschreiben, und zwar in seiner, Karls eigener Handschrift. Karl konnte sich Tage später nicht mehr erinnern, in wessen Auftrag dieser Mensch gekommen war: War es im Auftrag einer Versicherung gewesen oder des Außenamtes oder der Polizei? Karl hatte es vergessen.

Nur einmal unterbrach er seine unerbittliche Kontemplation, als er seine Eltern besuchte. Wieder stellten sie ihm keine Frage, weder nach dem Hergang noch nach seinem Befinden. Einzig von der Eismeerfront erzählte der Vater eine Geschichte: Wie er, der ja Sanitäter gewesen war, den katholischen Geistlichen, den Feldkaplan bewundert, ja verehrt hatte, als der sich um die Schwerverletzten und die Sterbenden bemühte und ihnen Trost zusprach. Er, der Vater, von dem Karl glaubte, dass er ein Atheist sei, erzählte in höchster Bewunderung von diesem Kaplan, der aus einem Tiroler Seitental stammte und der, als er von einem Heimaturlaub zurückkam, ganz erbärmlich und unter großen Qualen sterben musste.

Man hatte unter einem überhängenden Felsen am Fuße eines Steilhangs eine Plane aufgespannt und darin ein provisorisches Lazarett errichtet. Da stand ein rotglühender Kanonenofen, auf dem man das Operationsbesteck auskochte. Der Kaplan, der sich auch um das Besteck kümmerte und überhaupt allen zur Hand ging, die nur irgendwie Hilfe brauchten, beugte sich gerade über den Ofen, als eine Lawine niederging und den armen Menschen auf dem Kanonenofen zuschüttete. Man hörte sein Schreien und eilte aus den umliegenden Zelten zu Hilfe, nur unzulänglich mit Feldspaten gerüstet, hackte man auf den hart gepressten Schnee ein und schaufelte, während sich darunter der Kaplan in sein Sterben schrie.

Hier nun brach Karls Vater seine Erzählung ab, und Karl sah die Tränen in seinen Augen und er verstand, wie es der Vater meinte.

War auch diese Geschichte ein Gleichnis für Karl, der seinem Freund genauso wenig hatte helfen können? War es die Hilflosigkeit, die den Vater mit Karl verband und beide sprachlos machte?

In der folgenden Nacht träumte Karl, dass er mit seinem Vater galoppierte, ein jeder auf einem herrlichen Ross, sie galoppierten eine große Wiese auf und ab, wie in einem spielerischen Wettstreit, es war zweifelsfrei die große Wiese neben seinem Elternhaus, nur viel größer und freier und heller. Der Vater war vornehm gekleidet, beinahe schon königlich, und die Pferde waren in ihrer Herrlichkeit kaum irdischen gleich. Karls Pferd war eindeutig Bukephalos, das Pferd Alexanders des Großen, und der Sohn der Stute, die der Vater ritt. Schließlich gewann Karl, aber nur ganz knapp. Verschnaufend sagte er zum Vater: »Du hättest früher mit dem Reiten beginnen sollen. Wenn nur die Armut nicht gewesen wäre!«

Der Vater nickte und lächelte leise, während seine Augen ernst blieben. Dann verabschiedete sich Karl. Der Abschied hatte etwas ungemein Würdevolles an sich und keine Spur von Traurigkeit. Karl ritt davon, während der Vater auf dem Grundstück verblieb, stolz und heiter in sich gekehrt auf seinem Ross.

* * *

Nach diesen langen Wochen der selbst erwählten Isolation ließ sich Karl durch einen Anruf aus seiner Einsamkeit reißen. Es war ein Journalist, und weil Karl ihn recht gut leiden konnte und Respekt vor seiner Arbeit hatte, sagte er einem Treffen zu. Auf dem Weg zum vereinbarten Treffpunkt kam er an dem Platz vorbei, an dem sich immer die Obdachlosen trafen. Dort kannte man Karl, zumindest einige der Alten, die immer da waren. Karl gab ihnen einen größeren Geldschein, wie so oft, und wusste, dass sie die Summe unter sich aufteilen würden.

Er hatte immer schon eine Schwäche für diese Obdachlosen gehabt. Sie waren aus seiner Sicht Menschen, die mit der Geschwindigkeit der Zeit nicht mehr mitkonnten oder wollten, und sie hatten deshalb durchaus brüderliche Ähnlichkeiten mit den Bergsteigern, fand Karl. Vielleicht kam daher sein Mitgefühl, ja diese Zuneigung zu den Obdachlosen. Niemals ging Karl an einem vorbei, in welcher Stadt der Welt auch immer, ohne ihm etwas Geld zuzustecken. Denn Karl vergaß auch niemals das Biwak in der Brenta und die annähernd dreißig Biwaknächte danach, fast alle gleich hart und manche härter als die erste mit Gregor, und wenn er daran dachte, fand er, dass zwischen Obdachlosen und Bergsteigern kein großer Unterschied war. Jeder suchte auf seine Weise durch die Nacht zu kommen – würdig und ohne Klage und Hilfe von außen, mit wenig bis gar nichts zugedeckt außer den funkelnden Sternen über sich. Bestand der Unterschied zwischen diesen beiden Gruppen im Zwang bei den einen und in der Freiwilligkeit bei den anderen? Über die Freiwilligkeit seiner eigenen Zunft war sich Karl indes schon sehr lange nicht mehr sicher.

Das Interview fand in der ruhigen Ecke eines Gastraumes statt, nur manchmal verirrte sich ein Blick der anderen Gäste zu Karl und seinem Gegenüber und zeigte, dass sie keine Unbekannten waren. Als sie sich voneinander verabschiedeten und Karl vor das Haus trat, hatte es zu regnen begonnen. Karl ging noch einmal hinein und bat den Kellner, ein Taxi zu rufen.

Dann trat er erneut vor die Tür und hielt Ausschau danach. Da fuhr ein großer, dunkler Wagen vor. Der Fahrer stieg nicht aus, um ihm die Tür zu öffnen, er blieb rauchend, den Blick durch die Windschutzscheibe gerichtet, sitzen. Karl saß kaum im Fond des Wagens, als der Mann schon losfuhr, ohne nach dem Ziel zu fragen. Für eine Weile blieb Karl stumm. Dass in dieser Stadt die Taxifahrer nie die Autotür öffneten, daran hatte er sich gewöhnt, dass er jedoch nicht nach dem Ziel gefragt wurde, das war ihm neu.

»Können Sie Gedanken lesen?«, fragte Karl in den Nacken des Fahrers hinein. Der drehte sich kurz um. Ihre Blicke trafen sich, und Karl traf die Erkenntnis. Der hagere Körperbau, die tief liegenden dunklen Augen, die dichten schwarzen Haare. Auch wenn die Person, die vor ihm saß, seit dem letzten Treffen um einen Kopf gewachsen war, erkannte er sie wieder.

»Du, Angelus?«, fragte der Bergsteiger ungläubig.

»Ja, ich!«, antwortete Korff nicht ohne Belustigung in seiner Stimme. »Wer sonst?«

»Du arbeitest jetzt als Taxifahrer? In einem Bentley?«

»Hab dich zufällig da stehen sehen und dachte, ich nehm dich mit.«

Die Geschwindigkeit des Wagens erhöhend und jede Kurve mit quietschenden Reifen nehmend, hatte er nun, wie Karl feststellen musste, die Umrundung eines Häuserblocks beendigt und fuhr wieder in dieselbe Straße ein, von der man gestartet war.

»Wo warst du die ganzen Jahre?«

»In der Schweiz. In verschiedenen Internaten und Hochschulen. Jetzt bin ich zurück, wie du siehst, mit einem Diplom in der Tasche!«

»Dass du damals mit uns gemeinsam in einer Schule warst, kann man kaum verstehen. Einer wie du! Aus deiner gesellschaftlichen Schicht!«

»Man wollte mich abhärten. Nicht nur mit verwöhnten Bälgern zusammen sein lassen. Deshalb Gnadenwasser.«

Karl verstand. Es entstand eine kleine Pause.

Dann fragte Korff: »Und, wie gehen deine Geschäfte?«

»Gut!«, antwortete Karl.

»Gut?«, fragte der andere, unvermittelt in lautes Gelächter ausbrechend. »Du meinst, du kletterst langsam und bescheiden auf der Leiter der Bekanntheit höher?«

»Ja«, antwortete der Bergsteiger.

»In der ersten Woche nach der Heimkehr kommen die Belobigungen der Presse und in der zweiten Woche die Rechnungen. Ist es nicht so?«

»Ich bin zufrieden!«

Wieder stieß Korff ein meckerndes Lachen hervor, beruhigte sich aber bald, schwieg eine Weile und umrundete abermals den gleichen Häuserblock, als führen sie auf Schienen. Wie zu sich selbst zitierte er halblaut Shakespeare: »*A traveller! By my faith, you have great reason to be sad. I fear you have sold your own land to see other men's, then to have seen much and have nothing is to have rich eyes and empty hands.*«

»Erstaunlich«, spottete Karl, »was du dir alles hast merken können. Außerdem habe ich nichts verkauft. Weil ich nichts geschenkt bekommen habe, so wie du!«

»Auf eine gewisse Weise warst du schon immer ein Dummkopf, Karl«, sagte Korff. »Nichts steht dem Begriff Schenkung ferner als die Erbschaft. Niemals bekommt jemand etwas geschenkt. Der Sohn, der das Unternehmen des Vaters erbt, hat lange vorher schon dafür bezahlt – durch die Zeit, die dieser der Vermehrung seines Vermögens widmete und nicht seinem Sohn.«

»Wohin fährst du mich?«, fragte Karl. Der andere beschleunigte das Tempo noch, ohne vorerst auf die Frage einzugehen. Eine alte Frau überquerte humpelnd die Straße und entging mit knapper Not einer Kollision.

»Fahr doch langsamer«, sagte Karl. »Hier ist ein Altersheim.«

»Altersheim?«, rief Korff. »Eine Vermutung, sonst nichts.«

»Ja, Altersheim«, sagte Karl.

»Heim«, sagte Korff. »Heim. Das sollte Erinnerungen wachrufen.«

Er schaffte es, das Tempo des Wagens noch einmal zu erhöhen, und Karl schien es, als jagten sie zwischen jäh auftauchenden Bäumen einer Allee entlang, die sich immer mehr zu einem Kreisel verdichtete.

»Erinnerungen«, sagte Karl. »War die Plombe in meinem Reis wirklich von dir?«

»Die Plombe war nicht echt, sondern ein Stein. Aber mein gebrochenes Bein war echt, nachdem du mich über die Stiege gestoßen hast.«

»Du bist noch immer wütend auf mich. Es tut mir ja auch leid. Tat mir damals schon leid.«

»Nimmst du mich auf deine nächste Expedition mit?«, fragte Korff unvermittelt, ohne auf Karl einzugehen.

»Warum sollte ich?«, fragte Karl.

»Warum solltest du nicht?«

Karl schwieg, bevor er sich zu einer Antwort aufraffte: »Wir waren nie Freunde, Angelus, das weißt du doch. Du warst reich und bist es heute noch, und dein Ziel ist es wahrscheinlich, noch reicher zu werden.«

Es entstand eine längere Pause.

»Ich war nur einmal zu Besuch in eurer Villa«, sagte Karl. »In einer eurer Villen«, verbesserte er sich. »Ich war noch sehr klein, wenn du dich erinnerst. Du hattest mich mitgebracht. Ich hatte das Gefühl, dass nichts bei euch echt war. Die Riesenbibliothek mit den Klassikern in Leder gebunden. Aber es waren nur Lederrücken. Dahinter weißes, unbedrucktes Papier.« Karl lachte, aber er empfand sein eigenes Lachen als unecht.

Der andere bremste den Wagen ein wenig, bevor er antwortete.

»Wir könnten Partner werden, Karl«, erwiderte er.

»Partner wozu?«

Korff bremste die Geschwindigkeit seines Wagens weiter ab, lenkte ihn an den Straßenrand und blieb vor einem großen, villenartigen Gebäude stehen.

»Ein schönes Haus, nicht?«, fragte er.

»Ja«, sagte Karl, das Gebäude durch die Scheiben des Wagens betrachtend.

»Ich schenke es dir«, sagte Korff. »Und ich werde dir die nächste Fahrt finanzieren, sie wird dich nichts kosten.«

»Das kannst du dir nicht leisten!«, sagte der Bergsteiger.

»O doch«, entgegnete Korff, »und ich kann mir noch viel mehr leisten.«

»Und deine Bedingungen?«, fragte Karl, um nicht unhöflich zu wirken.

»Ich verlange nicht sehr viel«, sagte Korff. »Einzig, dabei zu sein. Mit deinem guten Namen.«

Korff lehnte sich über das Lenkrad und richtete sich gleich wieder auf, seinem Gegenüber in die Augen blickend, als gäbe es nur einen Menschen auf der Welt für ihn, nur Karl. »Ich kann dich berühmt machen«, sagte er.

Betäubt stieg Karl aus dem Wagen, lehnte das Angebot Korffs, ihn nach Hause zu bringen, ab. Doch einmal noch drehte er sich um, einzig um seiner Neugierde willen, und fragte durch den noch offenen Wagenschlag hinein: »Und was wäre das für ein Ziel, für dessen Erreichen ich dies alles« – er machte dabei mit dem Kopf eine kreisende Bewegung nach hinten, dem Haus zu – »erhalten würde?«

»Die Schwarze Wand«, erwiderte Korff.

Karl blies verächtlich die Luft durch die Nase: »Die Schwarze Wand? Man sieht, du bist kein Bergsteiger, Korff, nur ein Geldmensch. Diese Wand hat die besten Expeditionsmannschaften der Welt abgewiesen.«

»He!«, rief Korff. »Geh noch nicht!«

Karl schwieg.

»Ich bin auf der Suche nach Gegenentwürfen für mein Leben«, sagte Korff. »Nach spirituellen Gegenentwürfen, verstehst du?« Seine Stimme hatte etwas Flehentliches angenommen.

»Schau, Karl, bei mir haben sich schon lange gewisse Sättigungsgefühle eingestellt.« Dann setzte er hinzu: »Ich weiß ja nicht einmal, ob mich jemand liebt. Und wenn, dann warum? Wegen meines Namens? Wegen des Geldes?«

Dieses Mal glaubte ihm Karl. Oder wollte ihm glauben. Dieses Mal log er nicht.

Er drehte sich um und ging ein Stück über den Bürgersteig, ohne sich von Korff zu verabschieden, und murmelte wieder und wieder, nur für sich, »Die Schwarze Wand.« Er hatte auf einmal unbändige Lust, auf Korff einzureden, ihm all die Schwierigkeiten, all die Gefahren zu schildern, die diese Wand dem Bergsteiger bot. Doch als er sich umdrehte, war der schwere Wagen schon hinter der nächsten Häuserzeile verschwunden.

* * *

Zwei kryptische Anmerkungen aus dem letzten Gespräch mit seinem ehemaligen Schulkollegen waren es, die zumindest zwei Erkenntnisse Karls nach sich zogen.

Die erste war auf Karls kindliche Beobachtung der elterlichen Bibliothek Korffs zurückzuführen: riesige Regale mit allen Klassikern der Weltliteratur, in Leder gebunden, mit nichts als leerem Papier dahinter. Angestoßen hatte die Erinnerung daran ein Besuch bei Karls Eltern. Karl hatte im Familienalbum geblättert, am Küchentisch zwischen seinen Eltern sitzend, und die Schwarzweißbilder aus seiner Kindheit bestaunt. Sie waren fast alle meisterlich aufgenommen, und zwar ausschließlich von seiner Mutter. Karl wusste aus Erzählungen von der elenden Kindheit der Mutter und wie man ihr verwehrt hatte, verwehren hatte müssen, sie auf eine weiterführende Schule zu schicken. Was wäre wohl aus ihr geworden, hätte man ihre Talente fördern können, fördern dürfen. Eine großartige Fotografin? Und während er so gedankenverloren die Bilder betrachtete, die, so dachte Karl, sich in jeder anspruchsvollen Kunstgalerie hätten zeigen lassen, bemerkte seine Mutter: »Im Keller sind noch einige Bücher aus deiner Kindheit!«

Es waren unter anderen *Robinson Crusoe* von Daniel Defoe und *Kon Tiki* von Thor Heyerdahl. Zu Hause konnte es Karl kaum erwarten, die Bücher noch einmal zu lesen, und er las sie hintereinander jeweils bis sechs Uhr morgens und verstand sie gleich wie damals und auch nicht besser als damals, wie ihm schien. Und Karl begriff endlich, dass diese Bücher und die Musik und die Berge nichts anderes als ein Kürzel für sein Leben waren, ein Asyl vor der Welt, wärmende Fluchtpunkte inmitten einer feindlichen Umgebung, und Karl dachte, dass ihn und die meisten anderen Gratwanderer und die Obdachlosen, seine Seelenverwandten, wohl nicht viel mehr voneinander trennte als eine papierene Wand, die für einen Menschen mit etwas weniger *Fortune* ganz leicht zu durchstoßen wäre.

Karl betrachtete die beiden Bücher wieder und wieder. Fast demütig nahm er sie zur Hand. Es waren die ältesten, die er besaß. Er schlug sie abermals auf und las die Widmungsseiten mit dem Datum. Er hatte sie jeweils zu Weihnachten erhalten. Die schnörkellose Handschrift der Widmung stammte zweifelsfrei von seiner Mutter. Warum hatten sie und der Vater einem sieben- und achtjährigen Kind solche Bücher geschenkt, die überhaupt keine Kinderbücher waren? War es aus ihren eigenen Sehnsüchten geschehen? Und hatten sie in Karl ebensolche Sehnsüchte ausgelöst?

Diese beiden Bücher hatten in seiner Kindheit am meisten dazu beigetragen, die Traurigkeit und versteckte Wut in Karl für Tage, Wochen, vielleicht Monate schmelzen zu lassen wie späten Schnee zu Ostern. Obwohl Karl gewusst und befürchtet hatte, dass der nächste Schneefall wieder kommen würde, immer wieder, und Karl – zu seinem tiefen Bedauern – keine Macht darüber gehabt hatte.

Der zweite Anlass der Erkenntnis war Angelus Korffs Bemerkung über die Mittellosigkeit der Bergsteiger gewesen. Damit hatte Korff in Karl etwas angestoßen, was er selbst nur ungern zuließ und bei dem er seinem ehemaligen Kameraden trotzdem Recht und tausend Mal Recht geben musste. Denn ohne großes Nachdenken gab Karl zu, dass die zeitgenössischen Bergsteiger – mit Ausnahme einiger weniger, die es verstanden, ihr bärtiges Antlitz geschickt zu vermarkten – mittellos bis bettelarm waren. Wie also finanzierten sie sich ihre Fahrten auf hohe Berge im Himalaya, in Alaska oder Patagonien oder anderswo in den Anden?

Damals, vor dem Beginn des Goldrauschs mit seinen Werbeverträgen für Fernsehen und Ausrüstungsfirmen, erzählten sich die Bergsteiger aller Nationen gegenseitig fast alles über sich und ihr Auskommen, sei es in den Basislagern der hohen Berge, auf einem Marktplatz von Kathmandu, in einer Dorfkneipe in El Chaltén oder Talkeetna. Es gab so etwas wie eine internationale Bruderschaft der Bergsteiger, klein und übersichtlich, und fast alle von ihnen waren bereit, sich gegenseitig zu helfen. Und die Bergsteiger waren erfinderisch.

Die Polen, so wurde Karl des Öfteren erzählt, setzten auf das, was sie am besten konnten. Ihre Konserven und Würste waren einzigartig, auch wimmelte es auf dem Land von Gänsen. Was lag also näher für die polnischen Bergsteiger, als sich einen Teil ihrer Fahrtgelder mit dem Schmuggel von Gänsedaunen und Konserven zu finanzieren?

Die Briten wiederum betrieben einen schwunghaften Handel mit der eigenen *hardware,* die ihnen selbst von Ausrüstungsfirmen zur Verfügung gestellt wurde. Wenige Wochen nachdem sie eine neue Ausrüstung bekommen hatten, konnte man im Sherpa-Bazar von Kathmandu die allerbesten Karabiner, Haken oder Seile britischer Herkunft zu recht humanen Preisen erstehen. Ein Paar besonders waghalsiger, darüber hinaus sympathischer, aber trotzdem rauflustiger und trinkfester bergsteigender Zwillingsbrüder schmuggelte kistenweise Whisky nach Indien.

Am reichsten und unbeschwertesten waren die slowenischen Bergsteiger, die zur Weltspitze zählten. Im Lande des

Josip Broz Tito wurden sie als Bannerträger des Kommunismus fest in staatlichen Betrieben angestellt und ganzjährig bezahlt – ohne jemals diese Fabriken von innen gesehen zu haben.

Sehr einfallsreich und offensichtlich genauso wenig kontrolliert waren die russischen Bergsteiger. Sie zweigten das äußerst selten vorkommende Metall Titan, das ja keine Wärme leitet, aus sowjetischen Betrieben ab. In den halbdunklen Ecken einer *fabrika* im fernen Sibirien und mit Wodkanebel in den Gehirnen spannten sie das Material in ihre Schraubstöcke und Drehbänke und fertigten daraus Eisschrauben, die auf dem europäischen Markt viele Jahre lang ihren Absatz unter den Bergsteigern fanden – natürlich zu einem Bruchteil der Ladenpreise. Irgendwann aber kam ein findiger Kopf beim Alpenverein auf die Idee, diese Eisschrauben, an denen ja das Leben der Bergsteiger im Notfall hing, von einer offiziellen Behörde überprüfen zu lassen. Das Ergebnis war, dass die meisten Bohrungen in den Schrauben derart fehlerhaft ausgeführt waren, dass die schwächeren davon schon beim Sturz eines Bergsteigers aus nur wenigen Metern Höhe brachen. Mit dieser Erkenntnis brach das russische Geschäft schlagartig ein. Die Bergsteiger entsorgten verschämt ihr Material, froh über den eigenen glimpflichen Ausgang, und kauften die Eisschrauben zum fast zehnfachen Preis in den Fachgeschäften, dafür aber mit offiziellem Prüfsiegel. Es entzog sich Karls Kenntnis, womit die russischen Kollegen sich fortan ihre Fahrten finanzierten.

Das waren also die Tatsachen über die finanzielle Lage der meisten Bergsteiger, die im Allgemeinen prekär zu nennen war, und Karl bildete dabei keine Ausnahme. Das wurde ihm durch die eindringlichen Worte seines ehemaligen Schulkameraden bewusst. Widerwillig fasste er den Entschluss, das Angebot Korffs, ihm die nächste Fahrt zu finanzieren, anzunehmen.

* * *

Als ob es einer Eingebung des Bewusstseins einer anderen Ebene entsprang oder einer Art Warnung durch eine höhere Kraft, hatte Karl in der folgenden Nacht einen langen, bösen Traum.

War er gerade dabei, von seinem Weg falsch abzubiegen, begab er sich in eine Sackgasse, verleitet durch Korffs Ausführungen? Oder war Karl gar in einem Rückwärtsgang unterwegs zu einem Lebensziel, das gar nicht zu ihm passte und niemals zu ihm gehört hatte? Sogar Otto schien das zu spüren, als er an diesem Tag die Post etwas später als sonst brachte, aber keine Zeit für einen Plausch hatte. Sein abschätzender Blick in Karls Gesicht war diesem aufgefallen. Oder hatte die Wahrnehmung daran erst durch den Traum ihr besonderes Gewicht erhalten?

Sein Elternhaus im Traum war eine mächtige Burg im Tiroler Oberland. Ein Überfall auf die Burg stand bevor. Karl suchte seine Pistolen. In allen Schubladen und Schränken, sogar in den Nachtkästchen seiner Eltern suchte er die Waffen. Karls Mutter war zerstreut und tatenlos, der Vater lag lethargisch im Bett. Karl fand die Pistolen nicht, sosehr er auch suchte. Schließlich nahm er widerwillig ein Küchenmesser mit einer langen, weichen Klinge, öffnete das Burgtor und stürzte sich auf die Angreifer, er stach sie reihenweise nieder, wobei sich die Klinge jedes Mal widerlich verbog, wenn sie in einen Körper eindrang. Ein großer Teil der Angreifer floh und sprang in den Inn. Karl sprang ihnen nach, zwischen den

Stichen immer wieder kraulend, indem er trotz der Strömung kräftig ausholte. So metzelte er Hunderte von ihnen nieder, war schließlich weit abgetrieben worden, drehte endlich um und schwamm gegen den Strom flussaufwärts. Noch immer kamen ihm Hunderte entgegen, und alle starben sie durch sein Messer. Endlich wieder schnell zur Burg hinauf! Doch Karl kam zu spät. Die Angreifer hatten sie schon eingenommen. Beim Betreten der Burg – die Schlacht im Inneren war noch im Gange – sah Karl bereits die ersten verkohlten Rümpfe von Menschen, auch die seiner Eltern, in engmaschigen Käfigen an langen Ketten von den Wehrgängen des Innenhofes baumeln. Karl sah die Aussichtslosigkeit ein. Ihm blieb nur noch der Freitod. Er wollte sich über die Burgmauer stürzen. Doch jedes Mal, wenn er auf die nur hundertzwanzig Zentimeter hohe Burgmauer springen wollte, um sich von dort in die Tiefe zu stürzen, waren seine Knie aus Gummi und federten ihn wieder zurück auf den Boden des Wehrgangs.

Wie immer, wenn Karl Träume dieser Art widerfuhren, ging er in den kommenden Tagen nur wandern. Niemals ging er dann klettern, denn nur allzu gut sagte ihm seine Erfahrung, wie gefährlich es war, wenn die dunklen Kräfte im Innersten die Oberhand gewannen. Und sei es nur für die Dauer eines Wimpernschlages.

* * *

Karl kamen die Geschichten von Elefanten in den Sinn, die sich ganz allein in den tiefsten Dschungel begaben, wenn sie ihr Ende nahen fühlten. Ihre Beine mussten sich ähnlich schwer anfühlen wie jetzt seine, dachte Karl, als er sich in sein Lieblingsgebirge aufmachte, auf den Weg zu seinen Lieblingsplätzen, den altvertrauten. Aber nicht zum Sterben, sondern zum Leben. Denn bisher war er noch immer mit gesunder Seele aus ihnen zurückgekommen, von den Wasserfällen, den Froschtümpeln, den Almwiesen und den Felswänden, die sie begrenzten.

Und er war allein. Er wollte nicht auf Kosten eines anderen Wesens genesen. Wie immer in Krisensituationen kehrte Karl zu seinem Ausgangspunkt zurück, wie ein Bumerang, auf einem weiten, elliptischen Umweg. Seine Beine wurden mit dem Gehen leichter und leichter, als er an einem großen Tümpel vorbeimarschierte, an dem er das letzte Mal mit einem lebenslustigen Mädchen aus der deutschen Tiefebene gewesen war. Karl war der Schalk im Nacken gesessen, als sie sich aus den hohlen Händen zur Abkühlung Wasser ins Gesicht schöpfte. »Achtung«, hatte er gesagt, »hier gibt's Karwendelkrokodile!« Sie hatte ihm einen Moment lang geglaubt und erschrocken die Hände zurückgezogen. Aber er war auch ein Romantiker, und da, wo er jetzt ankam, auf dieser einsam gelegenen Alm, war er mit diesem überaus netten Mädchen gewesen. Aber jetzt war er allein.

Er war nicht unzufrieden, als er mit den schweigsamen Almbauern um den alten Herd mit der Eisenpfanne darauf saß. Nicht viel später bezog er seine kleine getäfelte Schlafkammer mit den rot karierten Vorhängen vor den einfach verglasten Fensterchen und da erinnerte er sich, wie sich damals seine lebenslustige Gefährtin im letzten Licht des Tages vor einem dieser Fensterchen ihre Bluse über den Kopf gestreift hatte. Und da kamen wieder die alten Zweifel über ihn. Warum hatte er sie nicht angerufen? Warum nur musste er immer alles mit sich allein ausmachen, wohl wissend, dass niemand für sich ganz allein sein konnte. Und es fiel ihm John Le Carré ein, einer seiner Lieblingsautoren: Wie Smiley, der MI6 Agent, in der elenden Einsamkeit eines alternden Spions die

Stätten seiner Kindheit und Jugend besuchte, sein Elternhaus betrachtete, die Fassade seiner Schule, das Eingangsportal seiner Universität, und der großen Liebe seines Lebens, Ann, nachtrauerte und erkannte: Nicht bei ihnen, den Frauen, lag die Schuld, wenn er, Smiley, immer gescheitert war, sondern einzig bei ihm selbst.

Am Morgen erwachte Karl durch das Bimmeln der Kuhglocken und er blickte zum kleinen Fenster hinaus und betrachtete die friedlich grasenden Kühe. Einige waren rötlichbraun und weiß gefleckt, hoch gewachsen und hatten riesige Euter, die sie jetzt, vor dem Melken, beim Gehen behinderten. Einige waren braun und andere schwarzbunt, einige waren kleiner gewachsen und beweglicher, sie hatten hellgraues Fell, einige wenige trugen kühne rötliche Haartollen zwischen den Hörnern, andere wiederum waren weniger spektakulär anzusehen. Genauso unterschiedlich wie die Menschheit, dachte Karl. Und auf einmal war wieder tiefer Friede über ihn gekommen.

* * *

Karl hatte Korff schon zugesagt. Er würde zur Schwarzen Wand mitkommen, und Korff hatte sein Versprechen gehalten und hatte ihm das Haus geschenkt. Gleich nach der Unterzeichnung des Schenkungsvertrages beim Notar zeigte ihm Korff, wie bei ihm eine Siegesfeier aussah. Und Karl war nur allzu bereit, auch hier mitzumachen.

Korffs Fahrer saß wartend und rauchend in dem großen Wagen, der vor der Kanzlei des Notars stand. Sie stiegen ein, und der Fahrer fuhr los, ohne dass ein Wort gewechselt wurde.

»Wohin fahren wir?«, fragte Karl.

»Feiern«, sagte Korff. »Wir werden ein wenig feiern.« Der Fahrer hielt vor einem großen grauen, von außen unscheinbaren Haus. Die Türsteher grüßten ehrerbietig, als sie Angelus Korff und seinen Begleiter erblickten.

»Feiern?«, fragte Karl.

»Ja, feiern«, antwortete Korff und lächelte süffisant. Irgendwie erinnerte Karl dieses Lächeln an dasjenige vor so vielen Jahren im Speisesaal von Gnadenwasser, als er eine Zahnplombe in seinem Essen gefunden hatte.

»Ist eine alte Angewohnheit von mir«, sagte Korff. »Nach jedem Geschäftsabschluss komme ich hierher zum Feiern. Auch, wenn die Verhandlungen mit dem Finanzministerium zufriedenstellend verlaufen sind. Und das sind sie eigentlich immer«, fügte er selbstzufrieden hinzu. »Was glaubst du, wie die spuren, wenn ich ihnen die Entlassung von fünfzehnhundert Leuten androhe?«

Diesen Pokerspielertrick hat ja deine Mutter schon perfekt beherrscht, dachte Karl im Stillen bei sich. Nur war damals das Opfer mein Vater, meine Mutter, schließlich auch ich. Und tausend andere, die an euch glaubten.

»Geschäftsabschluss?«, fragte Karl. »Heute?«

»Warum nicht?«, antwortete Korff belustigt.

Sie traten ein. Man führte sie an den besten Tisch des Lokals. Im Raum war es halb dunkel, nur das Kerzenlicht auf den Tischen spiegelte sich in den Gesichtern der Besucher.

»Genießen«, sagte Korff. »Wir sollten die Jugend etwas mehr genießen. Nicht wie mein alter Herr, der das Leben auf später verschoben hat, bis es sich nicht mehr aufschieben ließ.«

An der Stirnseite des Raumes befand sich eine kleine, quadratische Bühne, durch ihren gläsernen Boden strahlte sanftes Licht nach oben. Musik setzte ein, der Vorhang hinter der Bühne teilte sich. Tänzelnd betrat eine blonde Frau, fast noch ein Mädchen, die Glasfläche, welche sich zugleich, mittels verborgener Hydraulik, wie ein Glaswürfel aus der dunklen Fläche hob. Ein Lautsprecher verlautbarte gedämpft den Namen des Mädchens. Wahrscheinlich ein Künstlername, dachte sich Karl boshaft. Das Licht aus dem Glaskubus wurde stärker. Wo vorher nur etwas mehr als der Hauch einer Silhouette ihrer schwarz glänzenden, bis über die Oberschenkel reichenden Stiefel, die mit ebenso schwarz glänzendem Leder bedeckten Brüste und ein Schein des hellen Haares zu sehen war, fiel jetzt zusätzliches Licht von der Seite auf ihre Strumpfhalter, das Korsett, und, als sie sich langsam zur Musik zu drehen begann, auf die hellen Rundungen ihres Gesäßes, zwischen denen ein dünnes Lederband hielt, was ohnehin bald fallen würde.

»Bist du oft hier?«, fragte Karl skeptisch.

»Ist manchmal nötig, Karl. Nach dem Rechten sehen. Das sind die eher angenehmen Seiten meines Besitzes.«

»Ach, deshalb.«

Korff machte eine wegwerfende Handbewegung. »Ach, lass uns einfach das Thema wechseln. Weißt du, worüber die Künstler reden, wenn sie unter sich sind?«

»Keine Ahnung«, sagte Karl.

»Sie reden übers Geld! Und wenn die Reichen unter sich sind?«

Keine Ahnung«, sagte Karl.

»Sie reden über die Kunst!« Er machte eine kleine Nachdenkpause.

Tun sie nicht, dachte sich Karl. Oder doch?

»Man redet immer über das, was man nicht hat, fuhr Korff fort. Lass uns also über die Expedition reden. Über die Schwarze Wand.«

Das Mädchen auf der Bühne hielt nun den Stiel ihrer schwarzen Reitgerte mit gestreckten Armen vor sich und betrachtete Karl, als gelte ihm ihre ganze Zuneigung.

Karl musste mit einem Mal lachen, lachte laut, bis sich Gesichter aus dem Halbdunkel nach ihm drehten.

»Entschuldige!«, sagte er zu Korff. »Das war ja wohl ein wenig lächerlich«, und blickte gleich wieder zur Bühne. Die Bekleidung der Frau bestand nur mehr aus den Stiefeln, die durch lederne Strumpfgürtel in Position gehalten wurden, und drei silbernen Ringen in den Spitzen ihrer Brüste und am unteren Ende des sorgsam ausrasierten, flaumig schmalen Streifens, der in hellem Gegensatz zum Glanz der Stiefelschäfte stand. Mit diesem Ring spielte sie nun, berührte ihn mit dem Griff der Gerte, hob ihn und ließ ihn wieder fallen. Dann sah sie Korff an, als würde sie darauf warten, ein Zeugnis abholen zu dürfen.

Der lächelte, schüttelte dabei wie bekümmert den Kopf und sagte leise zu Karl, wie traurig es eigentlich sei, dass jeder Mensch käuflich sei, und schenkte Karl nach, der nun doch schwach protestierte, gegen den Champagner oder die Feststellung Korffs, er wusste es selbst nicht, vielleicht gegen beides, und während das Mädchen auf der Bühne nur mit sich selbst beschäftigt war, sich auf dem Glasboden niedergelassen hatte und den schwarzen Griff der Gerte in ihrem Körper hob und senkte, schien Korff von größeren Zusammenhängen beansprucht zu sein. Er sprach von Widersprüchen, die es zu beseitigen gelte, sprach von der historisch ersten Gelegenheit, Körper, Geist, Wirtschaft und Kunst zu verbinden, auf dass sich nichts mehr gegenseitig ausschließe.

»Ich bin nicht käuflich«, unterbrach ihn Karl. »Mein Vater war nicht käuflich, und ich bin es auch nicht.«

»Wer redet denn von deinem Vater?«, fragte Korff, so als hätte er keine Ahnung, wovon Karl sprach.

Karl schwieg.

»Jeder Mensch hat seinen Preis«, meinte Korff dann, bedächtig an der Champagnerschale nippend.

»Aber einen so hohen, dass ihn keine Macht der Welt bezahlen kann«, sagte Karl.

»Das muss ich wohl glauben«, sagte Korff und sah ihn lange und ernst an.

»Tut mir leid«, sagte Karl und schüttelte langsam den Kopf.

»Ist schon recht, Karl«, sagte der Industrielle. »Das mit dem Haus passt schon! Wir fahren ja immerhin zur Schwarzen Wand!« Dabei sah er Karl prüfend an.

»Der Preis ist hoch genug«, sagte Karl. »Für uns beide!«

Er fühlte sich nun doch schon etwas benebelt.

»Und sonst ist keine Verpflichtung dahinter?«, forschte er nach.

»Nein«, antwortete Korff. »Keine. Sagte ich doch schon!«

Korff blickte auf die Uhr. »Entschuldige mich für einen Moment. Ich sollte ein wichtiges Telefonat führen. Bin gleich wieder zurück.«

Er stand auf und ging einen Schritt vom Tisch weg, blieb noch einmal stehen. »Wirklich nicht«, wiederholte er und blickte Karl noch einmal eindringlich an. Damit ging er, während die Musik auf der Bühne mit einem letzten Aufseufzen der Geigen erstarb, das Mädchen noch einige Sekunden auf dem Glas liegen blieb und der verdunkelte Glaskubus sich wieder senkte.

Er kam nicht zurück, doch erschien statt seiner das Mädchen, dessen Vorstellung vorbei war, und setzte sich zu Karl an den Tisch.

Korff kam und kam nicht zurück. Doch erschien ein Kellner, der Karl mitteilte, dass sein Tischnachbar dringend in Geschäften wegfahren habe müssen und ihn bitte, sich inzwischen zu amüsieren. Er sei in einer Stunde wieder da.

Mit der einen Hand nahm das Mädchen Karl bei seiner Rechten, mit der anderen nahm sie ein Tablett, darauf die Flasche mit den Gläsern. Sie zog ihn durch eine verborgene Tür in einen engen, mit dunklem Rot tapezierten Gang hinaus und hörte nicht auf seine zaghaften Proteste, bis sie ein Separee erreichten.

Wie ein Dieb in der Nacht arbeitete sich Karl eine Stunde später durch den schummrigen Gang zurück in das Lokal, hoffte, es möge ihm niemand begegnen, der ihn kannte, schloss die kleine Tür wieder hinter sich und wollte, müde wie er war, jetzt schnell nach Hause gehen, und so legte er seine Geldbörse auf die Bar zum Zeichen, dass er zahlen wolle. Der Kellner sah von seiner Arbeit auf, lächelte schief und schüttelte den Kopf. »Die Rechnung«, insistierte Karl. Wie um Bestätigung bittend, drehte der Kellner sein Gesicht schräg nach hinten, der halbdunklen Ecke zu, und jetzt sah ihn auch Karl, denn seine Augen hatten sich an die Dunkelheit gewöhnt; er sah Korff, der ihm langsam, wie nachdenklich, den Kopf zuneigte, für einen Moment schien er traurig, dann lächelte er zum Zeichen des Grußes und wandte sich wieder ab, als wäre alles geregelt, als gäbe es nun Wichtigeres zu tun.

* * *

Nach dem Umzug in das neue Haus sah und hörte er von seinem Gönner wochenlang nichts mehr. Karl bereitete sich indessen auf die große Fahrt vor, indem er jeden Tag wie ein Besessener kletterte, sein Laufpensum absolvierte und sich in die einschlägige Literatur vertiefte. Ein Außenstehender hätte glauben mögen, dass Karl sich betäubte, da er andere Menschen mied und in Gesprächen, wenn sie sich schon nicht vermeiden ließen, wie in Trance wirkte. Nur der Briefträger war ihm wie immer willkommen.

»Ein schönes Haus«, sagte Otto eines Tages. Er hatte die Post an die neue Adresse Karls gebracht. Zeus hatte sich im Garten hingelegt und beobachtete die beiden Männer. Jetzt erst fiel dem Bergsteiger auf, dass Otto ihm die Post ins neue Haus, in einen anderen Ort gebracht hatte.

»Seit ich denken kann, Otto, warst du immer Briefträger in Targanz. Jetzt, wo ich nach Innsbruck gezogen bin, trägst du auf einmal hier, in der Landeshauptstadt, die Post aus. Verfolgst du mich, oder was?« Karl lachte.

»Ach nein«, sagte Otto. »Ich bin nur versetzt worden. Hierher. Und ja! Ich bin auch befördert worden!« Dabei warf er sich in die Brust und lächelte. »Aber in erster Linie versetzt. Jedoch nicht strafhalber. Die Behörde versetzt mich, verstehst du, Karl? Sie versetzt mich dorthin, wo ich am notwendigsten gebraucht werde.« Er warf einen flüchtigen Blick auf das Haus.

»Ein Geschenk?«, fragte Otto. »Wirklich?«

»Ja«, sagte Karl. »Du weißt schon, von wem!«

»So, so«, sagte Otto. »Ein Geschenk also!« Er ging nun von Wand zu Wand und drückte mit seinem rechten Daumen einmal hier, einmal dort dagegen, so kräftig er nur konnte.

»Was tust du da, Otto?«, fragte Karl belustigt.

»Ach, ich überprüfe nur, ob das Haus solide ist. Womöglich bricht es ja zusammen!«

»Zusammenbrechen?«, fragte Karl. »Manche halten dich ja für einen Propheten, Otto. Aber warum sollte das Haus zusammenbrechen?«

»Prophetie ist eine der furchtbarsten Gaben, die Menschen gegeben werden«, sagte Otto und ergänzte leise und mehr zu sich selbst: »Aber nicht mir. Oder wenigstens nur manchmal, Gott sei Dank!«

Dann ließ er ein leises Seufzen hören, als sei er ungeduldig und spreche mit einem kleinen Kind. Endlich sagte er: »Korff hat noch nie etwas verschenkt!«

»Nein?«, fragte Karl.

Leise und wie zu sich selbst murmelte Otto: »Letztes Jahr hat er seinem Aufsichtsjäger ein Haus geschenkt!«

»Wirklich? Wusste ich nicht!«

»Der bezahlt ja auch einen hohen Preis dafür!«

»Was ist das für ein Preis, Otto?«

»Wenn Korff nicht schlafen kann und um zwei Uhr morgens saufen gehen will, wird der Jäger aufgeweckt. Er muss dann mit saufen. Die ganze Nacht.«

»Hab ich nicht gewusst!«

»Tja, mein Lieber. So ist das mit den Leibeigenen!«

Zwischen den beiden entstand eine längere Pause.

»Hoffentlich gehörst du jetzt nicht auch dazu«, sagte Otto zum Abschied, da saß er schon wieder auf seinem Fahrrad, gefolgt von Zeus. Doch am Gartenzaun, schon auf der Straße, bremste er noch einmal ab. Er schien ein wenig nachzudenken und sah sich dabei wie prüfend in der Gegend um. Es war niemand zu sehen.

»Lass das Böse nicht in dein Herz, Karl!«, rief er über den Zaun. »Weil es dort bleiben will!«

* * *

Wie immer vor dem Aufbruch zu einer langen Reise war Karl ohne Zuhilfenahme eines Weckers im Dunkel erwacht. Noch benommen von wirren Traumbildern saß er am Bettrand, die Füße schon in den Sandalen, und hörte von weit her das behäbige Schlagen einer Kirchturmuhr: eins, zwei, drei, vier. Mehrere Male musste Karl den Weg zum Auto gehen, jedes Mal schwer bepackt, aber schließlich war alles verstaut. Er richtete im Bett das Kissen, die Decken gerade, ordnete die Utensilien auf seinem Schreibtisch, nahm einen letzten Schluck Kaffee aus der Tasse, vergewisserte sich noch einmal mit einem Blick durchs Zimmer, ob er alles ordentlich hinterlassen würde, und schloss die Tür.

Ein leichter Wind trug Vogelzwitschern und Düfte von irgendwo her. Karl atmete tief durch, es war der Geruch des frühen Sommers. Langsam fuhr er, als könnte er sich nicht entschließen, den Ort zu verlassen, durch die stillen Straßen der Autobahn zu.

Auf ihr bewegte er sich nach Süden. Er fuhr stundenlang, bis die Vororte von Mailand auftauchten. Durch die Stadt hindurch führte die Schnellstraße, einmal auf ebener Erde, dann wieder am ersten oder zweiten Stock von dicht aneinander gebauten Häusern vorbei – Frauen standen an den Fenstern und hängten Wäsche auf, über den Dächern stand schon ein Flimmern aus südlicher Luft –, so fuhr er dem internationalen Flughafen zu.

»Expeditionist?«, fragte der Kofferträger, als er das Gepäck auf einen kleinen Wagen lud.

»Si«, antwortete Karl.

Korff, seine Frau Theresa sowie die anderen Expeditionsteilnehmer, Aleppi, Hammer und DeFrancesch, waren schon alle im Warteraum versammelt. Karl begrüßte sie der Reihe nach, es waren bekannte Gesichter. Korff hatte nur die besten eingeladen. Theresa wirkte auf Karl in diesen Stunden fast unnahbar. Sie würde mitreisen, als einzige Frau. Während die Männer den Gipfel besteigen würden, würde sie im Basislager bleiben, zusammen mit Angelus Korff. Sie war eine Schönheit, in Karls und wohl auch den Augen aller anderen. Doch machte sie Karl ratlos. Er fand sie beinahe unsympathisch oder wenigstens kalt. Karl konnte mit abweisenden Fels- oder Eiswänden umgehen, aber nicht mit Menschen dieser Art.

Am Gate standen die Journalisten, die Fernsehleute. Auf die Frage »Warum? Warum in den Himalaya? Warum zur Schwarzen Wand?« antwortete Karl: »Warum klettern wir den Franzosenpfeiler am Crozzon di Brenta? Warum fahren wir in den Himalaya? Andere pilgern nach Mekka oder Jerusalem oder Lourdes. Und wir Bergsteiger fahren eben in unser eigenes gelobtes Land!« Leider hat er diese Worte nicht wirklich gesagt. Denn sie fielen ihm erst Jahre später ein.

So sagte er nur, was andere Bergsteiger schon zigmal vor ihm gesagt hatten: dass der Gipfel nicht so wichtig sei, nur der *Weg* dorthin, doch sei eben der Gipfel der Endpunkt des Weges, deshalb müsse man dort hinauf, und die Umstehenden hingen an seinen Lippen. Kaum hatte er diese hohlen Plattitüden, die gar nicht von ihm selbst stammten, ausgesprochen, bedauerte er sie auch schon. Sie waren ganz einfach Blödsinn, dem Augenblick aus Verlegenheit oder Sprachlosigkeit geschuldet.

»Doch was rede ich?«, sagte Karl, sich zu den Kameraden umwendend, die wortlos, verlegen, etwas abseits standen, denn die Aufmerksamkeit der Reporter galt Karl allein. »*Die* können etwas erzählen«, deutete er mit der Hand auf sie. DeFrancesch lächelte schüchtern. »Er hat«, wies Karl auf ihn, »die Ostwand des Pilier D'Angle durchstiegen, allein und im Winter. Und Aleppi und Hammer haben die Aguja Poincenot, den Fitz Roy und die Aguia Saint-Exupéry überschritten, als Erste überhaupt und ohne dazwischen zu Tal zu steigen. Die sollen erzählen«, sagte Karl, während DeFrancesch ganz langsam seinen Kopf schüttelte, als schämte er sich vor den Blicken der Menge, in deren Rufen und Fragen seine Worte untergingen, nur Aleppi hörte sie: »Wir sind doch Bergsteiger und keine Festredner. Und außerdem: Wer hat jemals von einem Berg namens Fitz Roy gehört oder von der Aguja Poincenot? Die Leute kennen doch alle nur den Everest und einige andere Schneeberge!«

Peter Hammer stand schweigsam daneben. Seine lange, hagere Gestalt und sein düsteres Gesicht hätte einem mittelalterlichen Mönch wie Girolamo Savonarola zugeeignet werden können, und ähnlich wie Savonarola war auch Hammer durch die Bußfeuer der Katharsis gegangen, wie er Karl später erzählte, als sie allein in der großen Wand waren.

DeFrancesch und Aleppi waren beide Trentiner, beide blond und blauäugig und, wie sich später herausstellen sollte, große Kenner des Brentagebirges, das vor ihrer Haustüre lag. Beide waren sie schweigsam, und beide waren sie beinahe die Hälfte ihres noch jungen Lebens zusammen geklettert. Sie hätten Brüder sein können und vielleicht waren sie es auch, zumindest im Geiste. Aber das sind wir Bergsteiger ja in gewisser Weise alle, dachte sich Karl, froh, auch dazuzugehören. Was sollte ihnen also Schlimmes zustoßen?

Karl spürte, wie ihm jemand etwas Hartes zwischen die Rippen stieß.

»Du hier?«, fragte er, sich umdrehend.

»Ich kann dich doch nicht auf einem so großen Flughafen allein lassen«, antwortete Gabriel Müller grinsend. »Zum Schluss besteigst du mir noch das falsche Flugzeug!« Gabriel war der Journalist, den Karl gut leiden konnte und dem er damals als einzigem ein Interview gewährt hatte, nachdem Gregor am Kalten Berg verschwunden war.

»Das wird nicht möglich sein«, sagte Karl. »Korff hat vorgesorgt.«

»Korff?«, fragte Gabriel. »Welcher Korff?«

Karl wurde für einen Moment von einem anderen Reporter abgelenkt, wandte sich aber gleich wieder seinem Bekannten zu.

»*Der* Korff?«, fragte Gabriel.

»Ja«, sagte Karl.

»Mit ihm also fährst du?«, fragte der Journalist perplex.

»Ja, mit ihm. Er bezahlt alles.«

»Ja«, sagte Gabriel, durchs Fenster der Halle nach draußen blickend. »Er zahlt wohl für alles.«

Karl folgte seinem Blick. Korff stand auf dem Rollfeld, auch das Gepäck der Bergsteiger lag dort, ein kleiner Haufen von einigen hundert Kilo Gewicht. Im Abstand von einigen Metern davon war ein riesiger Stapel großer, genagelter Kisten zu sehen, daneben stand, die Hände auf dem Rücken, ein Offizier. Korff begrüßte den Offizier mit Handschlag, sprach eindringlich mit ihm, das Gesagte mit kurzen Gesten untermauernd, der Offizier nickte immer nur stumm und stand dabei stramm.

Im Hintergrund wurden zwei große Militärmaschinen aus dem Hangar gezogen, die Arbeit des Verladens begann. Die großen Kisten wurden in die eine Maschine verladen, das Gepäck der Bergsteiger in die andere. Korff überwachte das Geschehen. Alles schien zu seiner Zufriedenheit ausgeführt zu werden.

* * *

Auf einer Wiese, umgeben vom Braun der Kartoffeläcker, standen die Zelte. Vier davon dienten den Bergsteigern als Unterkunft, zwei den Begleitern. Aus einem davon schlüpfte ein klein gewachsener, braun gebrannter Mann, ein Sherpa, gleich gefolgt von einem Kameraden. Beide zogen geräuschvoll hoch, um sich des Resultats in weitem Bogen zu entledigen. Fehlte nur noch das Reinigen der Nase: Abwechselnd ein Nasenloch zuhaltend, trompetete man mit dem anderen dem taunassen Boden zu. Auch Mädchenlachen war zu vernehmen. Eine, zwei, drei Trägerinnen, pausbackig und braun, schlüpften aus dem Zelt, richteten sich nacheinander Rock, Gürtel und pechschwarzes Haar und machten sich – nach Abschluss der gleichen, geräuschvollen Zeremonie ihrer Vorgänger – daran, die Lasten und Tragkörbe einzurichten. Wir dürfen vermuten, dass die Bergsteiger, jeder in seinem Zelt, noch schliefen, vielleicht lagen sie aber wach, den Blick gegen die Zeltkuppel gerichtet, in Gedanken schon in der Wand, auf die man sich beinahe ein Leben lang vorbereitet hatte.

Die Sonne war aufgegangen, doch sie beleuchtete erst die Spitzen der höchsten Berge. Zart und hell liefen die Grate und Flanken nach dem noch bleiernen Grau der Hochtäler aus, durch die mit Stein gedeckten Dächer der Häuser quoll weißer Rauch. Hier hatte man keine Kamine, denn durch sie könnten böse Geister ins Hausinnere schlüpfen. Es war die Stille der allerersten Morgenstunde, sogar die Hunde, durch die ganze Nacht kleinster Geräusche wegen bellend, waren eingeschlafen; die Hütten behielten das Leben noch innerhalb ihrer Mauern. Große, schwarze Krähen flatterten von Ackerschollen auf und segelten behäbig dem Licht zu, um in ihm zu verschwinden, während ihre Schreie aus irgendeiner Ferne herübergetragen wurden.

Es war ein weites Tal, eher ein Tisch, ein Hochplateau, abgesetzt an der Seite des eigentlichen Tales, im Norden entschieden begrenzt durch die Kumbhila-Berge, gegen die Steilabbrüche des Südens mit behäbigen, waldbestandenen Hügeln gesichert. Diese Hügel nahmen auch während des Tages, unter schmeichelnder Sonne, nicht das satte Grün der Alpentäler an, man mochte die Farben beinahe stumpf nennen. Auch die Wälder am Fuß der Berge waren sparsamer beschenkt worden, hier darf sich niemand verschwenden, hier muss, um den höheren Ansprüchen des keineswegs selbstverständlichen Überlebens gerecht zu werden, alle Kraft Maß halten.

Diese Hügel schienen nur die Aufgabe zu haben, den Blick des Wanderers über die Schlucht des Dudh Khosi und das dahinter liegende Kloster hinweg weiterzuführen, an den rechtsseitig gelegenen, die ganze Wucht des Himalaya ahnen lassenden Bergen vorbei, bis zu dem Punkt, der allem Trachten ein Ende setzte, dessen schwarze, mächtige Dreiecke die wirkliche Größe der Wand nur verhalten andeuteten; man war ja noch drei Tagesreisen vom Wandfuß entfernt.

Gesimse, Kamine, Schluchten liefen kreuz und quer durch die Wand hinauf oder herunter, wie man es sehen will, trennten sie und verbanden sie doch zugleich als weiße Nähte, denen fast stündlich die Lawinen folgten: erst leise fließend, über dem ersten, felsigen Abbruch schon mächtig aufquellend, sich bald mit anderen durch die Erschütterung ausgelösten kleineren Lawinen aus Nebenarmen vereinigend, um schließlich den Wandfuß minutenlang, wie in spielerischer Absicht, riesenhaften Wattebäuschen gleich, zu verhüllen.

Und es rauchten nicht nur die Hütten der Sherpas, auch von den Spitzen der schwarzen Dreiecke zog es wie Rauch: wenn die Höhenstürme aus dem nahen und durch die Größe der begrenzenden Berge doch so fernen Tibet von den Gipfeln die Schneefahnen losrissen – anfangs noch schmalen Tüchern gleich, bald breiter, durchsichtig werdend und den Gipfeln beinahe etwas Lebendiges verleihend –, um sie endlich in Fetzen zu lösen und ins Unermessliche zu entführen.

Am nächsten Vormittag, bald nach der Ankunft im Basislager, legten sich schnell und unvorhersehbar Wolken an die Berge, als hätten sie sich aus dem Nichts gebildet. Aus ihnen sanken dicht und groß die Flocken, sich erst auf dem umgebenden Gebüsch und den Hütten und dann auf den Zelten der Bergsteiger sammelnd, die jeder für sich allein waren und sich doch in unregelmäßigen Abständen zu kleinen Gruppen zusammenfanden, um sich, das musste aus dem Ergebnis der Gespräche geurteilt werden, gegenseitig und vor allem selbst Mut zuzusprechen. Denn die grauen Schneewolken hingen über allen, über Korff, dem Fabrikanten, über Theresa, über Aleppi, DeFrancesch und Hammer, die sich heimlich Sorgen machten über die Lawinengefahr in der Wand.

Jeder Bergsteiger wusste, dass solche Tage die ersten Bewährungsproben für eine Gruppe darstellten, wenn man über den Berg nicht mehr am Wirtshaustisch redete oder im Ohrensessel, sondern ihm nahe kam. Wenn sein Schatten, der einmal lichter und einmal dunkler sein konnte, wie ein ständiger Begleiter über der Gruppe lag.

* * *

Jeder würde in diesen Tagen versuchen, sein Gegenüber mit Samthandschuhen anzufassen. Und Karl hätte beinahe, weil er im Spiel die unterste Karte zog, an diesem Nachmittag das mühsam aufgestellte Kartenhaus zum Einstürzen gebracht.

»Was war in den Kisten?«, fragte er, sich vor Korff aufbauend, der sich auf dem Weg zum Küchenzelt befand. »Und warum kamen wir mit nur *einem* Flugzeug in Katmandu an?«

Der ehemalige Schulkollege, den so viel von seinem Gegenüber trennte, lächelte ihn nur freundlich an und sagte: »Stahlwaren«. »Für die arabische Halbinsel«, fügte er hinzu.

Waffen, vermutete Karl, an den Iran denkend. So also äußert sich deine Freigiebigkeit. Die Unbescholtenheit von uns Bergsteigern hast du vorgeschoben für deine Geschäfte.

Doch Korff, als könnte er Gedanken lesen, ließ sich nicht

aus der Ruhe bringen, legte Karl die Hand auf die Schulter und wiederholte geduldig: »Stahlwaren«.

Karl wollte fragen, ob Korff meinte, dass er nicht gesehen hätte, wo die Transportmaschine gelandet war, nämlich irgendwo im Industal, im tiefsten Pakistan. Und von da an waren sie allein weitergeflogen, mit nur einer Maschine. Stahlwaren also ...

Trotz aller Zweifel spürte Karl eine Art von Erleichterung angesichts dieses Auswegs, den ihm Korff nun aufgetan hatte, er war nahezu froh über die offensichtliche Lüge, die ihn aus seinem Gewissenskonflikt erlösen konnte, wenn er sie nur glaubte – so dass auch er zu lächeln begann. Nur um des lieben Friedens willen. Auch war Theresa neben ihren Mann getreten, hängte sich in dessen Arm ein und blickte Karl mit dunklen Augen durch die dichter fallenden Flocken an, dass seine Anklage in sich wie eine Sandburg zusammenrieselte.

So leise und unangekündigt der Schneefall begonnen hatte, so hörte er auch in den frühen Morgenstunden des folgenden Tages wieder auf. Wenig später mochte Karl aus dem Zelt geschlüpft sein, nur mit den Innenschuhen an den Füßen, deren glatte Sohle ihn auf dem frischen Schnee rutschen ließ. Doch, ohne hinzufallen, erreichte er eine Stelle hinter einem entlegenen Stein, wo er sich erleichterte. In seiner halben Größe stand der Mond noch über der Schwarzen Wand, im Begriff, hinter ihr zu versinken. Karl schaute hinauf, schaute unablässig hinauf in die von silbernen Rändern eingefassten schwarzen Dreiecke der Wand, die noch ruhig war, doch mit der ersten Berührung der Sonnenstrahlen beginnen würde, sich von ihrer Schneelast zu befreien. Mit beginnender, leiser Angst fühlte er die Zweiteilung in sich stärker werden. Da war der Karl, der jeden Kamin, jeden Riss, jedes Eisfeld dieser Wand zu Hause auf den Bildern betrachtet und analysiert hatte, gewärtig über die Möglichkeiten, die sich in ihrer ungeheuerlichen Vielfalt demjenigen erschließen mussten, der ihr nahe kam; und jener Karl, der nur demütig seinen Kopf in den Nacken legte, hinaufstarrte und der sich nicht vorstellen konnte, dass ein Mensch diese Wand bezwingen könnte.

Wohl schlüpfte er an diesem beginnenden Morgen noch einmal in sein Zelt und seinen Schlafsack, doch blieb er wach. Auf dem Rücken liegend, schaute er gegen die Kuppel des Zeltes, durch dessen dünne Haut bald das Licht zu brechen begann, wie in unendliche Fernen, dann und wann vernahm er das Knacken des Gletschers unter sich und endlich die Geräusche, die von der beginnenden Geschäftigkeit der um ihn Erwachenden zeugten und ihn aus seiner Starrheit erlösten.

* * *

Das Basislager wurde auf fünftausendvierhundert Metern Höhe aufgestellt. Die vielen Zelte in ihrer Buntheit – jeder der Bergsteiger bewohnte eines für sich – stellten die einzigen Farbtupfer in einem Meer aus Stein und Eis dar. Zwischen diesen leuchtenden Farbtupfern waren die Sherpas beschäftigt, ein Viereck aus Steinen hochzuziehen. Unablässig schleppten sie granitene Platten heran, drehten und wendeten sie und setzten sie übereinander, die Lücken zwischen ihnen noch zusätzlich mit kleineren Steinen ausfüllend, um dieses Geviert, in dem nur ein körperbreiter Eingang frei blieb, am Abend endlich mit einer großen Plastikplane abzudecken. In die Mitte des Raumes stellte man eine vielleicht zweieinhalb oder drei Meter hohe Holzstange, die man aus tieferen Lagen mitgebracht hatte, und stützte auf diese Weise die Plane, was ihr die Form einer Zirkuskuppel verlieh. Dies würde für die nächsten Wochen die Küche sein und zugleich der Stauraum für die Lebensmittel: *Tsampa,* das gestoßene Roggenmehl, einen Sack *Nun,* das tibetische Salz, mit dem sie auch ihren Tee veredeln würden, und zwei oder drei größere Säcke *Alu,* die süßlichen, kleinen Kartoffeln, die in dieser Gegend – man befand sich auf dem Breitengrad von Kairo – bis auf eine Höhe von viertausendvierhundert Metern wuchsen. Man hatte die Kartoffel erst in der Mitte des neunzehnten Jahrhunderts hier eingeführt, aber sie war bald zum Hauptnahrungsmittel der Bewohner geworden und hatte ganz maßgeblich zum Bevölkerungswachstum beigetragen. Sie hatten hier, in dieser Höhe, eine Reifezeit von bis zu einem Jahr, aber in Verbindung mit der intensiven Sonneneinstrahlung und dem sandigen Boden waren sie – und da waren sich beinahe alle weit gereisten Besucher einig – zu den besten Kartoffeln der Welt geworden.

Über den zwei Kerosinkochern, die von nun an beinahe Tag und Nacht vor sich hin wummerten, hingen farbige Trauben von *forsani,* überaus scharfen, klein gewachsenen Chilischoten. Die schärfste Sorte von ihnen hieß in der Sherpasprache *chenmara.* Wenn die Sherpas sie aßen und in sie bissen, fast so wie man es bei Äpfeln macht, dann lachten sie und lieferten gleich die Übersetzung dazu: *body killer.*

Wenn die Zeit es erlauben würde, könnte man Nima auch bei der Zubereitung von *Tschang* beobachten, dem nepalesischen Bier. Hier, nahezu auf der Höhe des Mont Blanc, wurde es aus gegorenem Reis gewonnen. Man fasste ihn in ein Sieb und unter Beimischung von sieben verschiedenen Gewürzen, die den Brei veredeln sollten und die Gärung ermöglichten, und sorgfältig durchgefiltertem Gletscherwasser sowie einer weiteren Gärzeit von einer Woche ergab sich ein milchig trübes Getränk, das entfernte Ähnlichkeit mit der europäischen Molke hatte. Früher hatte man diese Molke auf den Almen

Tirols *Sautrank* genannt, eine Bezeichnung, die auf ihre Bestimmung schließen ließ. Blieb das milchig trübe Getränk vierzehn Tage lang in Quarantäne, das heißt in einem luftdichten Behälter, anstatt nur wie gewöhnlich für eine Woche, dann sprachen die Sherpas von *Dong Tschang,* was etwas Ähnliches wie Starkbier bedeuten mag. Auf jeden Fall war es für beide Arten von Bier, den *Tschang* und auch den *Dong Tschang,* nötig, den gärenden Reis mit den Händen durch ein Sieb zu drücken, während ein Helfer das Wasser beimengte, und es war nicht zu übersehen, dass die durch die Arbeit des Tages braunen Handflächen der Sherpas am Ende dieser Tätigkeit blütenweiß waren, während der gewonnene *Tschang* eine bräunliche Färbung angenommen hatte.

Man benützte den folgenden Tag, um sich auszuruhen und für alle kleinen, doch notwendigen Verrichtungen, durch die das wochenlange Leben in solcher Einöde erträglicher zu werden versprach. Aleppi und DeFrancesch hatten sich gegenseitig geholfen, den Unterboden für ihre Zelte ein zweites Mal einzuebnen, Steinmäuerchen gegen den Wind zu errichten und vor ihren Zelten das Eis, welches unregelmäßig und aufgeworfen unter der dünnen Schuttschicht lag, zu begradigen. Den ganzen Tag klangen Pickelschläge bis zu Karls Zelt, das ein wenig abseits stand, ab und an hob er den Kopf von seinem Tagebuch, das zu schreiben er sich gezwungen sah, aus dem Bewusstsein, dass das Kurzzeitgedächtnis in großer Höhe schlechter wird.

An diesem Tag traf Karl seine Kameraden nur während der Essenszeiten im gemeinsamen Messezelt, doch einmal besuchte ihn Hammer. Als er Karl über dessen Tagebuch liegend gewahrte, huschte ein Lächeln über sein Gesicht, das Karl nicht entging.

»Du schreibst nicht?«, fragte Karl.

»Nur mehr Fakten«, antwortete Hammer. »Die Höhen und die Gehzeiten, vielleicht noch die Temperaturen und Windgeschwindigkeiten. Alles andere ist unzuverlässig, nach wenigen Jahren nicht mehr zu gebrauchen, emotionaler Schmus. Makulatur.«

»Warum bist du Vegetarier?«, fragte Karl unvermittelt, den Kopf nach wie vor über das Tagebuch geneigt und die Augen halb geschlossen, wie um sich besser auf die Antwort konzentrieren zu können.

»Es tut mir nicht gut, das Fleisch«, antwortete Hammer, »ich trinke auch keinen Alkohol.«

»Auch kein Bier?«, forschte Karl.

»Nein«, antwortete Hammer. »Früher hab ich täglich an die achtzig Zigaretten geraucht und dazu eine Flasche Schnaps getrunken. Jedenfalls in einer gewissen Zeit meines Lebens.«

Karl nickte und überlegte eine Weile, bevor er, sein Gesicht vom Tagebuch weg und zu Hammer hinwendend, meinte: »Wir haben wohl alle Angst vor der Normalität. Deswegen sind wir nicht nur beim Bergsteigen extrem, ist es nicht so?«

Hammer nickte wortlos nach kurzem Überlegen, mit dem gleichen Lächeln wie zu Beginn der Unterhaltung, das sein hageres, finsteres Gesicht unverändert ließ und nur für Sekunden die Traurigkeit aus seinen Augen verscheuchte.

Aleppi und DeFrancesch mussten sich, wie das in der Euphorie des Ankommens auf größerer Höhe oft geschieht, beim Pickeln ihrer Plattformen übernommen haben. Husten und Räuspern drang den größten Teil der folgenden Nacht aus ihren Zelten und legte sich über das Lager, in dem auch die anderen nur mehr zu einem unruhigen Schlaf fanden. So war es natürlich, dass sich Karl ohne ausgesprochene Vereinbarung am nächsten Tag mit Hammer zu einer Seilschaft zusammenfand, während ihre Kameraden niedergeschlagen beim Frühstück saßen, das sie kaum anrührten. Dieser Tag diente ihnen daher zum weiteren Ausruhen, während Karl und Hammer die Vorbereitungen trafen, die nötig waren, eine solche Wand anzugehen. Zwei verschieden starke Seile, verschieden lange Haken, breitere und schmälere, aus Titan, Stahl oder weicherem Metall gefertigt – letztere für brüchigen Fels, welchen sie beim Eindringen nicht sprengen würden –, lagen auf einem Haufen vor Karls Zelt bereit, ferner Isoliermatten, ein Sturmzelt, das man auch in einer Steilwand befestigen konnte, ein Biwaksack, Schlafsäcke, Thermosflaschen, Kocher, Gaskartuschen, Teebeutel, Zucker, Speck, Brot und Schokolade, Karabiner und Eisschrauben, Steigeisen und Pickel, Klettergurte und Reservebrillen, Mützen und für jeden zwei Paar Handschuhe, Sturmbekleidung und eine kleine Apotheke. Alles das wollte in zwei Rucksäcken verstaut und die Wand hochgetragen werden.

Sie lachten, als sie sich gegenseitig anderntags noch lange vor Morgengrauen im Schein ihrer Stirnlampen begutachteten, die Rucksäcke standen weit über ihre Köpfe hinaus.

»Wie hast du geschlafen?«, fragte Karl.

»Schlecht!«, antwortete Hammer. »Ich schlafe immer schlecht, seit Jahren schon.«

Der Mond, noch immer fast halb voll, sandte sein Licht vom Osten her über die Moränenzungen, die längs zu ihm hinliefen und so den Eindruck einer grauweißen, erstarrten See machten, über die Karl Platz und Peter Hammer, einmal auf den beleuchteten Moränenkämmen, einmal durch die dunkleren Täler steigend, sich langsam dem Wandfuß zubewegten. Dort angekommen, verzichteten sie darauf, die Seile aus den Rucksäcken zu nehmen – die Wand erschien noch nicht sehr steil. Einzig die Steigeisen wurden angeschnallt. Wortlos und als hätte man ein Leben lang nichts anderes zusammen getan, stieg man gemeinsam mit kleinem Abstand zueinander höher. Auf diese Weise schützten sie sich, weil ein womöglich vom Vorauskletternden ausgelöster Stein auf die geringe Distanz keine große Geschwindigkeit entwickeln könnte und daher die Verletzungsgefahr für den Zweiten viel geringer war.

Wo die breite, ungegliederte Eisflanke an die eigentliche Steilwand stieß und sich nach oben in schmälere Couloirs zergliederte, zwischen denen wie die Finger einer geöffneten Hand dunkle Felsrippen und Pfeiler lagerten, hielten sie inne. Der in diesem Augenblick als Zweiter steigende Karl stieß mit dem Kopf an Hammers Rucksack; der Fluss der Gedanken war mit dem des Steigens eins gewesen.

Sie wählten das mittlere der Couloirs, im aufbrechenden Tageslicht zog es bläulich schimmernd etwa achthundert Meter nach oben, bis es sich an einem schwarzen, kapuzenartigen Felsriegel verlor. Fragend blickte Hammer zu Karl, der schüttelte langsam und bestimmt den Kopf, Hammer nickte; so beließen sie die Seile noch in den Rucksäcken. Doch blieben sie abermals eng beisammen, denn in solchen Couloirs brachen durch das Klettern mit Eisbeilen, von denen jeder Bergsteiger nun zwei verwendete, oft Schollen aus dem Eis, darunter auch größere Brocken, die den Zweiten, wenn sein Abstand zum Führenden zu groß war, durch ihre zunehmende Fallgeschwindigkeit leicht aus der Wand schlagen konnten.

Zunehmend wurde die Wand heller, doch blieb es kalt. Dies waren die Stunden, in denen das Eis die größte Sprödigkeit und Härte aufwies, und so vernahmen die Männer keine anderen Geräusche als die der brechenden und fallenden Eisstücke – ein Tosen und Klirren – und die eigenen, schweren Atemzüge, wenn sie mit auf Eispickel und Unterarm gelegter Stirn Rast hielten.

* * *

Es war gerade hell geworden, als Theresa sich langsam in ihrem Schlafsack aufsetzte, unentschlossen über die Tatsache des frühen Morgens, der sie sich zu Hause nie ausgesetzt sah. Was war das für ein seltsam vereinfachtes und zugleich verwirrendes, weil keinem erklärbaren Ziel gewidmetes Leben? Sie blickte auf Korff, den sie während der Nacht, über Kopfschmerzen klagend, sich von einer Seite auf die andere wälzen gehört hatte. Jetzt schlief er ruhig, doch im Schlaf hatte sein Gesicht nichts kindlich Entspanntes an sich, wie man es Schläfern im Allgemeinen nachsagt. Sein Körper schlief, doch sein Gesicht lag wach und nicht entspannt, und hätte Theresa diese Eigenart an ihm nicht schon früher beobachtet, hätte sie angenommen, durch fast geschlossene Lider beobachtet zu werden.

Was verband die beiden Männer, Angelus Korff und Karl, außerhalb der Tatsache des etwa gleichen Alters und einiger zusammen verbrachter Schuljahre? Karl hatte sie, Theresa, verwirrt, gewiss; zum ersten Mal in ihrem Leben war sie mit einem Vertreter eines Menschenschlages zusammengetroffen, der ihr ausgestorben schien, und doch vermutete sie hinter der Aura dieses breitmundig lachenden, ihr sympathischen Abenteurers eine Eigenart, die sie im Moment nur ahnen konnte. Je länger sie darüber nachdachte, desto mehr entglitt sie ihr. Dass sie sich Karls Wesen jedoch sehr weit genähert hatte, schien ihr sicher wie jemandem, der ein Wort auf der Zunge trägt und es nicht formen kann, sosehr er es auch knetet und drückt, während es ihm Stunden oder Tage später von selbst zuläuft.

Der Schlafende neben ihr räusperte sich, stockte im Atmen kurz und heftig, um gleich mit mehreren tiefen Zügen durch den geöffneten Mund den Sauerstoffbedarf nachzuholen. Theresa hatte angenommen, dass er aufwachen würde, aber er drehte sich nur auf die andere Seite und wies ihr nun den Rücken zu. Zugleich spürte sie eine ungeheure Erleichterung darüber, nicht mehr beobachtet zu sein. Über diese Empfindung fühlte sie ihr Blut ins Gesicht steigen und hätte sich mit diesem Erröten einem Beobachter sicher verraten, was sie ärgerte und insgeheim freute zugleich, denn sie beobachtete in sich ein verunsicherndes Gefühl, das in seiner Einzigartigkeit unverwechselbar ist und das noch einmal zu erleben sie sich seit Langem nicht mehr zutraute. Es war die Fähigkeit zu lieben, an der sie zweifelte und die ihr durch die nur Sekunden währende Anwandlung zurückgegeben war, wie jemand ein Gesicht erhält, der lange Zeit gesichtslos gelebt hat. Mit einem Mal wusste sie, warum sie fern des Umstandes, dass sie Korffs Frau war, hierherkommen hatte müssen. Und warum sie an der Eintönigkeit der letzten Jahre sich welken fühlte. Alles im Leben schien zu einer Wiederholung geworden zu sein.

Sie hatte fast ihr ganzes Leben ziellos vor sich hingelebt. Dass sie auch nur irgendeine höhere Schule zu Ende gebracht hatte, erschien ihr jetzt wie ein Wunder und in der Erinnerung grotesk wie die Zeremonie beim Begräbnis eines nahestehenden Menschen. Tatsächlich war es auch eine andere, die man unterrichtet und maßgeregelt hatte, nicht sie selbst. Um zu überstehen, hatte sie sich hinter dieser Person versteckt. Sie erinnerte sich, unlängst einem ehemaligen Bekannten begegnet zu sein, der sie von der Schulzeit zu kennen glaubte. Und wie traurig und peinlich sie es fand, als er ihr die Hand auf den Arm legte und sie an Dinge und Ereignisse erinnerte, die nicht das Geringste mit ihr zu tun hatten. Traurig auch deshalb, weil dieser Bekannte nicht die Früchte der Arbeit an ihr selbst wahrnahm. Und peinlich erschien ihr immer, das Opfer einer Verbrüderung mit jemandem zu werden, dessen Lebensweg sich mit dem ihren nur durch äußerliche Gewalteinwirkung – der Schule wegen – gekreuzt hatte und nicht einmal durch einen Funken des eigenen Willens. Es waren andere, die für Theresa in der Jugend etwas wollten, deshalb empfand sie diesen Willen immer als Gewalt, wie verbrämt mit Liebe und guten Absichten er auch gewesen sein mochte.

In derartige Gedanken verwickelt, schälte sie sich, zuerst das rechte, dann das linke Bein abwinkelnd, aus dem Schlafsack und kroch zum Zeltausgang, bemüht, ihren Mann durch kein noch so leises Geräusch zu wecken. In unendlicher Langsamkeit öffnete sie den Reißverschluss, als fürchte sie, bei etwas Unrechtem ertappt zu werden, und trat ins Freie. Unsicher stand sie in der Kälte des Morgens auf den Steinplatten, mit denen man den Vorplatz des Zeltes ausgelegt hatte, und blickte an sich hinunter. Ihre Beine steckten in unförmigen Flauschhosen, die sich über silbrig glänzenden Innenschuhen aus Alveolit wölbten. Sie musste lächeln. Jetzt gehörte auch sie zu den Bergsteigern.

Die Schwarze Wand stand in ihrer kilometerbreiten Mächtigkeit vor ihr und über ihr, und auf der Suche nach den Bergsteigern verlor sich ihr Blick ganz hoffnungslos in dem unentwirrbaren Chaos aus Fels und Eis, das nur dem jahrelang geschulten Auge seine Auswege offenbart. Sie musste zurück ins Zelt, mit angehaltenem Atem suchte sie nach dem Fernglas. Erst nachdem sie einen nahe gelegenen Moränenhügel, der ihr die Sicht vom unteren Teil der Wand abschnitt, erklettert hatte, konnte sie den Fußspuren, die von den in der Nacht Aufgebrochenen im Neuschnee der letzten Tage hinterlassen wurden, mit dem Glas bis zu dem Punkt folgen, wo die Spur an die Wand stieß. Langsam folgte sie ihrer vertikalen Vorstellungskraft nach oben und hatte Erfolg. Sie erkannte zwei sogar in der Vergrößerung nur winzige Figuren, die nach Theresas Vorstellung enttäuschend wenig weit gekommen waren, unterhalb der Felszone, die die Wand in ihrer ganzen Breite umgürtete. Dass es in Wirklichkeit mehr als tausend Höhenmeter waren, die Karl und Peter Hammer in dieser Nacht unter ihre Sohlen gebracht hatten, konnte ihr nicht in den Sinn kommen. Sie sah nur, was über den beiden wartete: ein Gewölbe aus Fels- und Eiswänden, dreimal so hoch wie das, was unter ihnen lag.

Doch freute sie sich trotzdem; allein saß sie oberhalb des Lagers, das sich noch im Schlaf befand, und fühlte sich den Bergsteigern wie mit unsichtbaren Fäden verbunden. Was suchten diese Männer dort oben? Was brachte sie dazu, in diesem Gewirr aus Schluchten, Kaminen und Eiscouloirs höher zu steigen?

Die Seilschaft näherte sich jetzt dem Ende der Steilrinne, die schräg links unterhalb an das erste schwarze Dreieck stieß, welches sich nach oben hin in einer Reihe von Graten auflöste. Diese liefen parallel zueinander zum Gipfel, der wiederum – in seiner Dreiecksform – Theresa wie die Gestalt einer überbreiten Madonnenfigur erschien, deren Mantel über dreitausend Meter tief zum Gletscher fiel.

»Wie die Kittelfalten einer großen Mutter«, dachte sie, ein Vergleich, der ihr sogleich zu schwülstig erschien.

* * *

Sie entledigten sich ihrer Sturmjacken und packten sie in ihre Rucksäcke, als die längsförmigen Flecken der Sonne über die Wand abwärts wanderten. Die Rucksäcke wurden dadurch um einiges unförmiger und höher, so dass es nicht mehr möglich war, den Kopf in den Nacken zu legen, um die Wand über sich zu begutachten. Doch schien der Weiterweg ohnedies vorgezeichnet. Ihr Augenmerk auf die Hauen der Eisbeile und die Spitzen der Steigeisen gerichtet, folgten sie der Steilrinne, deren Eis unter der einsetzenden Wärme eine zähe Konsistenz annahm. Bei diesen Verhältnissen zu steigen, bedeutete weniger Kraftaufwand, denn wärmeres, zäheres Eis brach selten aus und jeder Hieb mit dem Eisbeil saß verlässlich und fest. Aber mit der Erwärmung begann die Wand auch zu leben. Dies äußerte sich anfangs nur in kleinen Steinchen, die – vorerst lustig anzusehen – mit meterlangem Abstand zwischen ihren Aufschlägen an den Bergsteigern vorbeisprangen, nur manches Mal schlugen vereinzelte auf der Deckeltasche eines Rucksacks auf. Doch hundert Meter höher – es mochte keine Stunde vergangen sein – vernahmen sie weit über sich in einem der tiefen Kamine, die eher schmalen Schluchten glichen, ein Geräusch, das entsteht, wenn etwas unter großem Druck Zusammengehaltenes plötzlich reißt – so, als setzte sich die Eisdecke eines Flusses, doch blieb es nicht dabei. Waren die beiden bei diesem Geräusch aus ihrem ruhigen Steigen vorerst aufgeschreckt, so erwarteten sie jetzt den Eisschlag, der folgen musste, mit eingezogenem Kopf, die Hauen der Eisbeile tief ins Eis geschlagen, die Hände unterhalb der Brust um die Schäfte der Eisgeräte geklammert. Wider Erwarten kanalisierte sich die Entladung in das nächste Couloir unweit von ihnen, das sie nicht einsehen konnten. Nur Dröhnen, Rauschen und Poltern zeugten von der Wucht dieser Entladung und schließlich der Geruch von Steinen und Schwefel, den der Aufwind bis zu ihnen trug. Gleichzeitig rissen und zerrten sie an den Schäften der Eisgeräte, um sie freizubekommen, und verließen, ohne Worte zu verlieren, das Couloir vorzeitig nach rechts, wo sie eine Felsrippe erreichten, die vor Eisschlag sicher schien, um schwer atmend, in einem natürlichen, vom Wind geformten Kolk am Fuß der Schutz bietenden dreieckigen Wand stehen zu bleiben. Lange standen sie so, zu müde, sich zu setzen, zu müde, die Rucksäcke abzunehmen. Vom nächtlichen Aufbruch gezählt, waren sie ohne längere Rast acht Stunden gestiegen, jetzt gewahrten sie ihre bleiernen Waden, die geschwollenen Zungen, ein durch die erhöhte Geschwindigkeit der letzten hundert Meter hervorgerufenes Pochen im Hinterkopf. Endlich nahm Karl den Rucksack von den Schultern und warf ihn in den Schnee. Hammer, ihn aus den Augenwinkeln mit gesenktem Kopf beobachtend, tat es ihm nach. Auf ihren Lasten sitzend, schauten sie zu den farbigen Punkten des Basislagers hinunter. Es mochte eine Viertelstunde vergangen sein, als Karl sagte: »Diese Wand ist nur nachts sicher.«

Sie begannen, mit den Eisbeilen und einer mitgebrachten Schneeschaufel den Zeltplatz einzuebnen, schlugen zwei Haken in die darüber liegende Felswand, stellten das Zelt auf, fixierten es an den Haken und am Boden, indem sie mitgebrachte kleine Plastiksäcke mit Schnee füllten, sie mit Schnüren an die Zelthaut banden und im Schnee vergruben. Dann war es notwendig, über jedes dieser vergrabenen Säckchen zu urinieren – die nächtliche Kälte würde das Ganze zu einer Einheit frieren und den Halt des Zeltes im Sturm gewährleisten. Zur gleichen Zeit hatten sie den Kocher aufgestellt, brummend verrichtete er seinen Dienst, den Schnee im Topf zu schmelzen, sie fügten dem Wasser Teebeutel und Zucker zu, um das Gebräu schließlich – es schmeckte ein wenig nach Wollhandschuhen – in langsamen Schlucken andächtig zu schlürfen. Darüber war es später Nachmittag geworden, langsam und unerbittlich schnitten ihnen die gegenüberliegenden, scharf geformten Gipfel die Sonnenstrahlen ab. Hammer war eingeschlafen, halb saß, halb lag er auf seinem Rucksack, mit der Schulter an die Felswand gelehnt. Sein Atem ging ruhig, doch lief in kurzen Abständen ein Zucken durch seine Glieder, auch durch die Hände, dann schlossen sie sich ein wenig und öffneten sich wieder, als wäre das, was sie ergriffen, nicht wert gehalten zu werden. Eine Lawine brach an einer Flanke, sie schien so nah, dass Karl meinte, ihren eisigen Hauch zu spüren. Als Karl seinen schlafenden Gefährten betrachtete, wurde ihm einmal mehr bewusst, wie leicht es in einer Situation wie der ihren wäre, einzuschlafen und langsam in den Zustand der Gefrorenheit zu wechseln. Als hätte Hammer seine Gedanken lesen können, schlug er nun die Augen auf und holte tief Luft. Das tiefe Luftholen, wie jemand, der lange unter Wasser war und endlich an die Oberfläche kommt, zeugte davon, dass in großer Höhe jeder Mensch im Schlaf zu flach atmet und daher alle kürzeren oder längeren Momente nach Luft schnappt, wie ein Fisch im Trockenen.

Peter Hammer wies mit der Hand das Tal hinaus zu einem tief unter ihnen liegenden Dorf.

»Dort kommt meine Frau her!«, sagte er.

Karl nickte. Das hatte er schon gewusst. Und auch, dass sie sehr krank geworden war in Europa, bei Hammer, viele Jahre lang, und dass damals das Trinken bei ihm angefangen hatte.

»Wie hast du mit dem Trinken aufhören können?«, fragte Karl. »Wie hast du das geschafft?«

Peter Hammer antwortete nicht. Er wies mit einer kreisenden Bewegung seines Arms um sich, als könne er damit die unermessliche Landschaft erfassen, die die beiden umgab.

»Damit!«, sagte er dann doch.

Dann war die Nacht um sie, wie ein fernes Rauschen; und die Lawinen waren verstummt, nur manchmal hörten sie einen vereinzelten Stein, der sich in einer Schlucht verlor. Es war empfindlich kalt geworden und ihre Bärte waren vereist. Mechanisch begannen sie die erste Abseilstelle aufzubauen, gleich fuhr Peter als Erster in die Tiefe, begleitet vom Knirschen seiner Steigeisen, wenig später folgte ihm Karl im Schein der Stirnlampe nach.

Abseilend und abkletternd erreichten sie noch in der Nacht den Bergschrund, stapften müde die Lawinenkegel hinunter und gingen auf- und absteigend über die Moränenrücken zu den Zelten des Lagers.

Darüber war es sechs Uhr geworden, die kleine Zeltstadt lag noch wie im Schlaf. Deshalb wandte sich Karl ein wenig erschrocken um, als er, endlich an seinem Zelt angekommen, einen Stein rollen hörte. Theresa saß auf einem Schotterhügel, nur einen Steinwurf von ihm entfernt. Sie hatte ein Fernglas umgehängt, eine verbrannte Nase und von den Gletscherbrillen gezeichnete, zwischen Stirn und Jochbeinen befindliche helle Flecken, aus denen ihn ein dunkles Augenpaar ansah.

* * *

Korff verbrachte den ganzen Tag in seinem Zelt, wie Karl und Hammer, und während sie schliefen, lag er wach. Sein Husten zeigte sich gegen sämtliche Arten von Lutschtabletten, Sirups, krampflösenden Mitteln aus der Expeditionsapotheke trotzig, war sogar schlimmer, trockener geworden. Er fühlte sich merkwürdig schwach, und seinen Zustand allein als Unwohlsein zu bezeichnen, wäre der Wahrheit nicht nahe gekommen. In der vergangenen Nacht hatte der ziehende Kopfschmerz im Nacken seinen Weiterweg zum Schädeldach und zur Stirn genommen, drang auch bis in die Augenhöhlen vor, in ihnen pochte es unheilvoll, als wollte sich noch Schlimmeres ankündigen. Das letzte Wasserlassen lag schon mehr als vierundzwanzig Stunden zurück, der einzige Wunsch nach Erleichterung lag in einem Brechreiz, dem er in den letzten Stunden nachzugeben gezwungen war.

Theresa, die nur wenig über Höhenkrankheit wusste, erschrak, als sie zurück ins Zelt kam. Das bäurische Gesicht ihres Mannes war eingefallen und zugleich aufgedunsen, unterhalb der Wangenknochen lagen dunkle Gruben, die Tränensäcke waren, kleinen Würsten gleich, angeschwollen, was auf eine mangelnde natürliche Entwässerung schließen ließ. Seine sonst so spöttisch funkelnden Augen glänzten fiebrig, und die rechte Hand, gerade bemüht, den Reißverschluss des Schlafsacks zuzuziehen, griff einige Male ins Leere, bevor sie die Lasche des Gleiters fassen konnte. Der Einzige im Lager, der in dieser Situation schnell und sicher eine Diagnose stellen und eine Entscheidung treffen könnte, war Karl. Sollte sie den Todmüden wecken, fragte sich Theresa und fühlte eine merkwürdige Scheu bei diesem Gedanken. Auf eigene Faust die Expeditionsapotheke in Anspruch zu nehmen und das Entwässerungsmittel Lasix, von dessen Vorhandensein sie wusste, zu geben, wagte sie auch nicht. Sie nahm den Arm ihres Mannes, schlaff lag der Knöchel in ihrer Hand. Sie musste eine Weile tasten und suchen, bis sie die Schlagader fand. Der Puls war flach, sie zählte über hundert Schläge in der Minute.

Über ihrer Tätigkeit hatte Korff die Augen geschlossen, war eingeschlafen und hatte einen Traum, der ihn verfolgte, seit er die Volljährigkeit erreicht hatte. Er stieg als Führender (dabei war er nie zuvor im Leben auf Berge gestiegen) einen steilen Grashang hinauf, der bis in den Himmel zu reichen schien. Hinter ihm folgten sein Vater, seine Mutter, seine Schwester.

Mit einem Mal dröhnte die Erde und eine riesige Flutwelle stürzte auf sie zu, stürzte von dort, wo der Gipfel sein musste, herunter, und er, Korff, hielt sich mit einer Hand an was eigentlich – einem Baum? Einem Strauch? An Grashalmen? – und mit der anderen am Vater, der wiederum mit der Mutter und der Schwester eine Kette bildete. Korff hatte nicht um sich selbst Angst, sondern kämpfte allein, um seine Angehörigen zu retten, deren Hände müde wurden, weil das Wasser schon an ihnen zerrte. Bevor die Hand des Vaters sich aus der seinen zu lösen begann, wachte der Kranke auf und blickte in das besorgte Gesicht seiner Frau.

»Du hast im Schlaf geschrien«, sagte sie, »und meinen Arm umklammert und nicht mehr losgelassen. Hast du schlecht geträumt?«

»Ja«, antwortete er mit belegter Zunge, setzte sich im Schlafsack auf, kroch zum Zelteingang und starrte durch den geöffneten Reißverschluss die Schwarze Wand an, von deren finsterer Größe im Licht der Mittagssonne nur gleißende Firnfelder, eingefasst von obsidianfarbenen Pfeilern, geblieben waren. Insgeheim hatte er sich von seinem Hiersein eine Lösung der Ängste zu Hause versprochen, und erfolgte sie nur aus zweiter Hand, durch Karl als Werkzeug. Doch als er jetzt, zitternd auf Knie und Arme gestützt, die ganze Last seines geschwächten Körpers fühlte, schien er den Ängsten näher, als er es je gewesen war.

»Sie haben das erste Lager aufgestellt und sind wieder heruntergekommen«, sagte Theresa.

»Gut«, antwortete Korff, wieder im Schlafsack sitzend und sich gegen die Schwäche aufbäumend.

»Peter meinte, dass man die Wand nur in der Nacht klettern kann, wenn die Lawinen ruhen«, fuhr sie fort.

»Was für einen Eindruck macht Karl?«, forschte er.

Sie habe ihn kaum gesehen, sagte sie ein wenig zu hastig und fuhr fort, von ihrem Gespräch mit Peter Hammer zu berichten; dass er optimistisch sei, falls das Wetter mitspiele und Aleppi und DeFrancesch auf die Beine kämen und mithelfen würden, das Lager zwei aufzustellen. Während der ganzen Erzählung vermied sie es, Karls Namen zu nennen, und als Korff sie noch einmal fragte, was sie von ihm hielte, und sie ausweichend, zögernd antwortete – ihren Blick über seine Stirn hinweg in eine Ecke des Zeltes gerichtet, als suchte sie irgendeinen Halt, den es dort nicht geben konnte –, begriff Korff, dass er dabei war, das Gespenst der Träume zu behalten und seine Frau an Karl zu verlieren.

* * *

»Ihr hättet mir von seinem Zustand berichten sollen«, sagte Karl zu Theresa. »Jetzt befindet er sich in einem so fortgeschrittenen Stadium der Höhenkrankheit, dass es nötig ist, einen Hubschrauber zu alarmieren.«

Er war von Theresa am frühen Nachmittag geweckt worden und blickte nun mit einer Mischung aus Sorge und Ungeduld auf den Kranken, der das Bewusstsein verloren hatte. Er lag auf dem Rücken, sein Brustkorb hob sich kaum merklich auf und ab, doch drang aus ihm deutlich vernehmbar bei jedem Atemzug ein Rasseln und Blubbern, wie es entsteht, wenn man in eine Wasserpfeife bläst.

»In seiner Lunge ist schon das Wasser«, sagte Karl, »ich muss ihm Dexamethason spritzen, um das Ödem zu lösen. Zugleich müssen wir den besten Läufer nach Namche schicken, wo es ein Funkgerät gibt, um einen Hubschrauber zu rufen. Angelus gehört sofort in niedrigere Lagen, wo es mehr Sauerstoff gibt.«

»Wir könnten ihn tragen. Zusammen mit den Sherpas wären wir stark genug,« sagte Theresa hoffnungsvoll.

»Jetzt, bei beginnender Nacht?«, fragte Karl.

»Ich kann mithelfen«, setzte sie schwach hinzu.

Karl spürte das Verlangen, seinen Arm um sie zu legen und sie ganz einfach nur zu drücken, doch nahm er eine entschlossene, finstere Haltung ein.

»Er würde den Transport nicht überstehen. Denn durch dieses Tal hinaus würden wir nicht schnell genug an Höhe verlieren.«

Er wartete auf die Wirkung seiner Worte, doch schien Theresa sich schon vorher auf das Schlimmste gefasst gemacht zu haben. Karl hatte schon eine Ampulle Dexamethason aus der Expeditionsapotheke gefingert, zog jetzt die Schutzkappe von der Kanüle und legte ein kleines Stück von Korffs Schulter frei. Hier stieß er die Spritze vorsichtig hinein und drückte sie durch. Er bemerkte den verwunderten Blick von Theresa und sagte: »Man hätte sie ihm auch durch die Hose geben können, direkt in den Oberschenkel. Wäre gleich wirksam.« Dann ruhte sein Blick eine Weile auf Korffs Gesicht. Schließlich sagte er: »Es muss also dabei bleiben: Der beste Sherpa soll nach Namche laufen, und morgen früh, bei Tagesanbruch, muss der Hubschrauber hier sein.« Damit wandte er sich zum Ausgang. »Ich werde jetzt mit den Sherpas reden.« Wenn nur das Dexamethason hilft, dachte er, wenn es nur hilft.

Als er vor das Zelt trat, roch er den Schnee. Er blieb stehen, die Hände in die Hosentaschen gesteckt drehte er sich langsam im Halbkreis, den Kopf ein wenig zurückgelegt. Kein Zweifel, die graue, wattige Wolkendecke, die über dem Hochtal lag, war geladen mit Schnee und sie war immer noch im Sinken begriffen. Als Karl nach zwanzig, dreißig

Schritten vor dem Küchenzelt noch einmal stehen blieb, waren die Ränder der Wolken, die sie gegen die Konturen der Moränen, der Steine, der Zelte abgrenzte, im Auflösen begriffen, große Flocken taumelten langsam aus dem Nichts, den obersten Bildrand mit dem untersten durch ihr stetiges und unerschöpfliches Fallen verbindend, die Gegensätze des Himmels, der Steine, der Schwarzen Wand auflösend, um das Leben im Lager, das Lachen der Sherpas, das Klappern der Töpfe, die Gespräche der Bergsteiger hinter einem weichen Vorhang zu dämpfen.

Nima Dorjee band seine Schuhe, zog leichte Gamaschen über sie, richtete noch einmal Hose und Gürtel, rollte die Windjacke zusammen, schlang sie um den Bauch und verknüpfte sie, blickte kurz zur Leinwand des Küchenzelts, die sich durch den ansetzenden Schnee verdunkelte, überlegte es sich anders, löste die verknotete Jacke wieder, entrollte sie und zog sie an. In seine Taschen steckte er zwei oder drei gekochte Eier, Tschapati, zerstoßene Roggenkörner, die sie Tsampa nennen, und eine Handvoll gekochter Kartoffeln sowie eine Stirnlampe. Das musste für den Weg reichen.

»Good luck«, sagte Karl und steckte ihm noch etwas Schokolade in die Tasche sowie einen Brief mit Anweisungen für die Besatzung des Hubschraubers.

»Namaste, Sahib«, sagte Nima und trat, von Karl gefolgt, ins Freie.

»Auf Wiedersehen, Nima, und nenn' mich nicht immer Sahib«, sagte Karl und legte ihm die Hand auf die Schulter.

»Ja, Sahib«, erwiderte Nima schelmisch. Wenige Augenblicke später war er wie ein Schemen vom weißen Vorhang verschluckt.

Sie hatten sich nur wenige Meter von den Zelten wegbegeben und doch war ihre Spur schon kaum mehr sichtbar.

Beim gemeinsamen Abendessen im Küchenzelt wurde vereinbart, wer von den Männern zu welcher Zeit seinen Rundgang durch das Lager machen und die Zelte von der Last des Schnees befreien sollte. Aleppi und DeFrancesch würden die Arbeit vor Mitternacht besorgen, Hammer und die verbliebenen Sherpas würden sich die Stunden von Mitternacht bis zum Morgen teilen. Karl war ausgenommen, er wollte zusammen mit Theresa neben dem Schwerkranken wachen.

Der Schneefall schien kein Ende zu nehmen. Sie hatten eine kleine Gaslampe mit ins Zelt genommen, in deren Licht Theresa sich über das zerfurchte Gesicht ihres Mannes beugte, er war noch nicht wieder zu Bewusstsein gekommen.

»Wir müssen aufpassen«, sagte Karl, »wenn das Dex zu wirken beginnt, wird er sich nass machen. Dann muss er in einen anderen Schlafsack gebettet werden.«

Theresa drehte sich zu ihm, das Licht floss über ihre hohe Stirn, die leicht gebogene Nase, den Flaum ihrer Oberlippe. Sie hat Mut, dachte Karl, sie hat etwas Kühnes an sich.

»Ist das gut oder schlecht?«, fragte sie.

»Wie bitte?«, fragte er verwirrt.

»Das Urinieren«, lächelte sie.

»Ah«, sagte Karl. »Gut, natürlich.«

»Gut?«, fragte sie wieder.

»Ja. Es zeigt, dass das Wasser aus der Lunge abgelassen wird. Das rasselnde Geräusch beim Atmen kommt vom Wasser, das der geschwächte Kreislauf nicht mehr schafft, aus der Lunge abzupumpen.«

»Du hast Erfahrung«, sagte Theresa.

»Jeder weiß das, der schon einige Male hier war.«

»Du hättest Arzt werden sollen«, sagte Theresa.

»Ich war nie ein guter Schüler«, meinte Karl.

»Ich auch nicht«, gab sie zurück und ergänzte: »Die meisten bedeutenden Forscher waren schlechte Schüler. Weil man als Wissenschaftler auch Träumer sein muss.«

»Ja«, sagte Karl, richtete sich ein wenig auf und begann mit ausgestrecktem Arm die Zelthaut von der Last des Schnees zu befreien, die zwischen dem Netzwerk der Gestänge kreisrunde Polster nach unten drückte.

»Sind auch Bergsteiger Träumer?«, fragte Theresa.

»Ich wollte eigentlich Astronom werden«, sagte Karl.

»Tatsächlich?«, fragte Theresa erstaunt, doch Karl erzählte nicht weiter, weil draußen die schweren Schritte Aleppis oder DeFranceschs im Schnee zu hören waren und gleich darauf die Geräusche der Schaufel. Einer der beiden befreite das Zelt von der Ringmauer des Schnees, die durch das Abrutschen von der Zelthaut entstanden war. Die Schritte entfernten sich wieder, hin zum nächsten Zelt.

»Also Astronom«, zeigte sich Theresa beharrlich.

Karl lächelte, doch schien ihr, als sei nur sein Mund davon betroffen, während seine Augen etwas Trauriges an sich behielten.

»Als Kind«, sagte Karl, »hab ich mir ein Wasserleitungsrohr abgeschnitten, in einem kleinen Wäldchen oberhalb des Ortes eine Baumhütte gebaut und das Rohr auf einem Dreigestell befestigt. Stundenlang hab ich so die Sterne beobachtet. Ich war mir sicher, sie durch das Rohr besser sehen zu können.«

»Tut es dir leid, deinem Traum nicht gefolgt zu sein?«

»Aber ich bin ihm gefolgt«, antwortete er schnell und verwundert. »Weißt du, wie nah man in den hohen Bergen dem Himmel ist? Und wie lange eine sternenklare Biwaknacht dauern kann? Beinahe wie die Unendlichkeit.«

»Fühltest du dich niemals sehr einsam?«

Er wollte entgegnen nein, er fühle sich am Berg immer geborgen und kenne Einsamkeit nicht, doch verstand er nicht genau, welche Art von Einsamkeit sie meinte, und fragte: »Am Berg?« Doch anstatt einer Antwort hob sie nur ihre Schultern leicht an.

Ja, sagte er, er kenne schon jene Eiseskälte, in der man glaubt, allein mit noch anderen Milliarden Einsamer auf einer winzigen Kugel durchs dunkle All zu sausen.

»Ohne einen Gott?«, fragte Theresa, »und ohne Trost?«, und Karl war, als reichte sie ihm eine Hand, die er nur zu ergreifen brauchte, aber er rutschte nur zum Zeltausgang und öffnete ihn. Noch immer fiel Schnee, und Karl starrte in die helle Finsternis, in tanzende Flocken, die ihn in seine Kindheit zurückversetzten.

Korff schien aufzuwachen, er begann schwach mit den Händen um sich zu schlagen, während sein Kopf unbeweglich blieb.

»Es ist wohl so weit«, sagte Karl, »das Dexamethason hat gewirkt, Gott sei Dank.« Sie warteten noch einige Minuten und begannen dann, den unbeweglichen Mann in einen neuen, trockenen Schlafsack zu betten, nachdem ihm Theresa vorher trockene Wäsche angezogen hatte.

»Wird jetzt alles gut werden?«, fragte sie.

»Ja«, antwortete Karl, »nur ist es wichtig, dass er so schnell wie möglich zu guten Ärzten kommt, denn es besteht immer noch die Gefahr einer Embolie.«

»Er soll also nach Europa zurück, falls der Hubschrauber kommt?«

»So schnell wie möglich«, sagte Karl.

»Dann werde ich ihn begleiten«, sagte Theresa.

»Das wird nicht möglich sein«, widersprach ihr Karl und blickte sie dabei fest an. »Auf dieser Höhe kann der Hubschrauber zusätzlich zu den zwei Piloten nur mehr eine Person tragen.«

Theresa antwortete nicht, ihr Gesicht lag im Schatten, als Karl ergänzte: »Alles ist in die Wege geleitet, es wird bestens für ihn gesorgt sein.«

»Falls der Hubschrauber kommt«, erwiderte Theresa endlich.

»Er wird kommen«, antwortete Karl. Da schlug Korff die Augen auf. Er versuchte ein Lächeln. »Keine Kopfschmerzen mehr«, sagte er leise.

»Das Dex hat die Gehirnschwellung zurückgenommen«, sagte Karl.

»Und das Bein war gar nicht gebrochen«, sagte Korff mit kaum hörbarer Stimme.

»Was?«, fragte Karl verwirrt.

»Damals, in Gnadenwasser.«

Karl entgegnete nichts. Aber er nahm die Bemerkung des Schwerkranken als das auf, was sie war: ein Zeichen großer Dankbarkeit ihm gegenüber, das er seinem ehemaligen Schulkollegen gar nicht zugetraut hätte.

Aber der Existenzverlust meiner Familie war echt, dachte sich Karl. Mein Vater hat bei euch seine Stellung verloren, weil er ein oder zwei Jahre vorher deiner Mutter nicht gefügig war. Das alles lag nun Karl auf der Zunge, aber er hätte es nicht sagen können. Niemals, und jetzt, in dieser Situation, schon gar nicht.

Mitternacht musste vorüber sein, denn sie hörten die gedämpften Stimmen zweier Sherpas sich dem Zelt nähern und gleich darauf die kratzenden Geräusche der Schneeschaufeln. Auch musste einer der beiden ihr Zelt an der Kuppel gepackt und geschüttelt haben, um es vom Schnee zu befreien. Innerhalb des Zeltes hörte es sich an, als brause ein Sturm darüber.

»Müde?«, fragte Theresa, als Karl sich ein wenig zurücklehnte.

»Etwas«, gab Karl zu.

»Schlaf ein wenig«, sagte sie, »ich werde inzwischen aufpassen.«

* * *

Karl erwachte durch ein tiefes Grollen und Donnern, fuhr auf, tastete nach der Stirnlampe, die an seiner Seite lag, schaltete sie ein und setzte sie auf, ihr Kegel traf kurz Theresas Gesicht, das erschrockene Züge trug.

Die Gaslampe musste ausgegangen sein.

»Was ist das?«, fragte Theresa.

»Eine Lawine«, antwortete Karl, da traf ein erster wuchtiger Stoß des Luftdrucks ihr Zelt, es blieb Karl nur mehr Zeit, sich zum Eingang zu werfen und, die Gleiter des Reißverschlusses haltend, sich gegen den Druck zu stemmen.

»Halte die Zeltstangen!«, rief er Theresa zu, und so knieten und saßen sie, ihre schützende Behausung verteidigend im ungleichen Kampf gegen das Inferno, das sie umgab mit Tosen, Heulen und Rütteln. Flacher und flacher wurde das Zelt und drückte sie nieder. Mit eingezogenem Kopf sah er Theresa, wie sie still und verzweifelt nicht abließ, das Gestänge zu halten, während er eine ungeheure Kraft fühlte, die unter den Zeltboden fuhr und ihn aufheben wollte. Die Gleiter der Reißverschlüsse nicht aus den Händen gebend, stemmte und drückte er sich in den unmöglichsten Stellungen mit seinen Knien, mit den Schultern, mit dem Gesäß gegen Zeltboden und Vorderwand. Plötzlich war der Spuk vorüber.

Karl atmete auf. Das Zelt hatte sich nicht von der Stelle gerührt. Er entflammte die Gaslampe, betrachtete das Gesicht

Korffs, der unbewegt in seinem Schlafsack lag, und dasjenige Theresas, die stumm und bleich noch immer das Gestänge hielt.

»Es ist gut«, sagte Karl, doch schien sie nicht zu verstehen, da legte er seine Hände sanft um ihre und löste den starren Griff ihrer Finger.

Er kroch ins Freie. Im Kegel der Lampe bot sich ein chaotisches Bild. Vom Küchenzelt standen nur mehr einige Steine, die es gegen den Wind hätten schützen sollen, Kochtöpfe, Becher, Messer, Rollen von Toilettenpapier und Kohlköpfe waren auf einer hart gedrückten Schneedecke in weitem Umkreis verteilt. Das Zelt der Sherpas stand noch unversehrt, es hatte im Windschatten eines Felsblocks gestanden. Auch Karls Zelt, weil abseits im Quertal einer Moräne stehend, schien aus der Entfernung unbeschädigt, doch DeFranceschs und Aleppis Zelt fehlten.

Zusammen mit den Sherpas, die nach und nach verstört aus ihrer Behausung krochen, machte sich Karl talauswärts auf die Suche, dem Sog der Lawine nach. Nach etwa fünfzig Metern sahen sie ein Zelt liegen, dessen zerbrochenes Gestänge spitze Erhebungen in der Leinwand bildete, die sich langsam zu bewegen begann. Karl zog sein Messer und schnitt sie auf, heraus kam DeFrancesch, er zitterte am ganzen Körper. Karl hängte ihm seine Windjacke über die Schultern und einer der Sherpas geleitete ihn zu ihrem Zelt. Wenige Meter unterhalb stand im Kegel der Lampe Aleppi, ein grotesker, nächtlicher Anblick auf fünftausendvierhundert Metern Höhe, nur mit Socken und Unterhose bekleidet. Zuerst entkam Karl ein kurzes, vielleicht aus dem Schock, vielleicht aus Erleichterung rührendes Lachen, dann fiel Aleppi ein, und so standen sie, abwechselnd sich bückend und aufgestützt auf ihre Knie sich betrachtend, von regelrechten Lachstürmen geschüttelt, in diesem Chaos, das der Sog der Lawine hinterlassen hatte. Erst als sie sich ein wenig beruhigt hatten, fiel ihnen auf, dass es nicht mehr schneite.

Über die das Tal beschließenden Bergspitzen zog schon der Morgen herauf. Zwei Stunden später traf der Hubschrauber ein. Er landete auf einem nahen Moränenhügel und ließ die Rotoren mit voller Kraft weiterlaufen, während die Bergsteiger den vor sich hindämmernden Korff durch den von den Rotorblättern aufgewirbelten Schnee auf einer Bahre in die Kabine schoben. Die Tür wurde geschlossen, die Bergsteiger entfernten sich in gebückter Haltung vom Hubschrauber, und Karl zeigte mit dem Daumen nach oben, um den beiden Piloten das Zeichen für den Abflug zu geben. Der Hubschrauber hob sich für einen oder zwei Meter zitternd von den Steinen, als könne er die unerwartete Last nicht tragen, und da sahen sie, dass sich hinter dem Plexiglas der Kabine auch Korff mit dem Oberkörper erhoben hatte und auf die Moräne starrte, als suchte er nach etwas, was er verloren hatte. Für einen kurzen Moment sah es aus, als wären aus seinem Gesicht sämtliche Konturen und jede Angespanntheit verschwunden, es hatte einen seltsam flachen, ungeprägten Ausdruck angenommen. Dann sank er wieder in sich zusammen, und der Hubschrauber stieg nun, als sei er mit einem Mal von einem Hindernis losgelöst worden, leicht und sehr schnell noch einige Meter auf. Dann drehte er mit einem Viertelkreis ab, der kleinen Gruppe den Heckrotor zuwendend, und hing, jetzt rasch kleiner werdend, schon im graublauen Himmel, weit unterhalb des Lagers.

* * *

Man schlief an diesem Vormittag noch bis in die späten Stunden hinein und begann dann, einem Puzzlespiel ähnlich, ohne besondere Aufforderung, die einzelnen Gegenstände, welche die gewaltige Staublawine weitum verteilt hatte, zu suchen und einzusammeln. Das Besteck, die Schöpfer, Pfannen und Töpfe aus Aluminium fanden sie weit drunten im Kar, sie lagen wie spielerisch und lustig verteilt auf dem hart gepressten Kegel des Lawinenauslaufs. Ein ganz besonderes Fundstück war es dann, das die Suchmannschaft erheiterte: ein kleiner Teddybär aus Stoff, den Karl auf dem First des Hochlagerzeltes auf sechstausendfünfhundert Metern aufgehängt hatte. Für den Aufstieg hatte der Teddy etwa acht Stunden benötigt, aber für die Abfahrt hatten offensichtlich etwa zwei Minuten gereicht. Karl nahm das als Glückszeichen hin und befestigte die Figur oberhalb seines Zelteingangs. Jetzt war er unverletzbar wie Siegfried in der Nibelungensage oder Achill vor dem Trojanischen Krieg.

Als sie aber gewahrten, und sie gewahrten es recht bald, dass nicht einmal die Hälfte ihrer Ausrüstung noch auffindbar war, setzten sich die Bergsteiger am Nachmittag zu einem Tee zusammen. Die Landschaft um sie herum war eine einzige schwarze, blank gefegte Steinwüste mit Inseln von hart gepresstem Schnee dazwischen, stumme Zeugen des Orkans, der sie heimgesucht hatte. Als sie ihre Ferngläser zur Hand nahmen, um die Schwarze Wand zu studieren, mussten sie feststellen, dass die Lawine genau über ihre Aufstiegsroute abgefahren war. Mit Schaudern sahen sie die bläulichen, blanken Couloirs zwischen den schwarzen Felspfeilern herunterleuchten.

»Jetzt wäre die Wand sicher«, sagte Karl. »Jetzt, wo sie sich entladen hat!«

»Bis sich auf den Gipfelgraten die nächste Ladung gebildet hat. Mit den Stürmen aus Tibet!«, bemerkte Peter ganz trocken. Die Sherpas sagten gar nichts und sahen nur stumm talauswärts, von wo sich in schnellem Tempo eine kleine Gestalt näherte. Nima Dorjee, der den Hubschrauber alarmiert hatte, war schon wieder auf seinem Weg zurück zu ihnen.

»Der Berg mag uns nicht!«, sagte Peter plötzlich in das Schweigen hinein.

»Du willst aber nicht den Berg vermenschlichen!«, sagte DeFrancesch.

»Und du solltest ihn nicht zu einem Sportgerät reduzieren«, entgegnete Peter, zum Erstaunen aller plötzlich heftig. Ausgerechnet Peter, der ansonsten immer sachlich ist, dachte sich Karl.

»Fällt euch nichts auf?«, fragte Peter. »Es ist kein Rabe zu sehen oder zu hören. Und ich habe den ganzen Tag keinen einzigen Maushasen gesehen. Obwohl doch so viel von unseren Küchenvorräten verstreut sein müsste.«

»Ich habe jedenfalls das Gefühl«, sagte Karl, »dass wir diese Wand einer anderen, nächsten Expedition überlassen sollten. Bergsteigern, die schneller steigen als wir, die leichtere Ausrüstung haben, die sich mehr trauen als wir: kurzum, die die besseren Bergsteiger sein werden, als wir es sind. In zehn, in zwanzig Jahren wird die Wand fallen.«

»Aber nicht durch uns!«, ergänzte Peter. »Und nicht jetzt!«

Die beiden Trentiner schwiegen und starrten vor sich hin, als gäbe es etwas besonders Interessantes auf dem Moränenboden zu sehen.

Dann taten die beiden, de Francesch und Aleppi, etwas, was in diesem Moment niemand erraten hätte, dem bergsteigende Seelen fern standen. Sie standen auf und begannen vor den Augen der anderen – ihrer Seelenverwandten – in aller Ruhe ihre Ausrüstungsgegenstände zu sammeln. Hochkonzentriert ordneten sie auf einer ausgebreiteten Zeltplane ihre *hard-*

ware und auch zwei Seile, achteinhalb Millimeter dick, ein jedes fünfundvierzig Meter lang, die damals den letzten Erkenntnissen der Ausrüstungstechnik entsprachen. Diese Seile ließen sie langsam und sorgfältig durch ihre Hände gleiten, um akribisch mit Daumen und Zeige- und Mittelfinger den Mantel der Seile nach Verletzungen abzutasten und mögliche Schwachstellen in ihrem Kern zu erspüren. Nach längerer Zeit waren sie mit der Überprüfung fertig und schossen die Seile auf und banden sie auf ihre Rücken. Die Lawine hatte offensichtlich keines der beiden beschädigt. Ihre Gesichter waren während dieses Zeremoniells in einem solchen Maße ausgeglichen, dabei seltsam ebenmäßig und steinern zugleich, als ob sie selbst zu dieser Wand geworden wären.

Karl und Peter und Theresa und Nima Dorjee betrachteten dies alles, als wären sie Teil eines Hochamtes, das zu stören niemandem eingefallen wäre. Inzwischen war es später Nachmittag geworden. Wortlos sahen sie zu, wie die beiden Trentiner – ebenso fast wortlos – aufbrachen. Sie sahen ihnen lange nach, wie sie sich im Auf und Ab der grauen, mit der beginnenden Dunkelheit nun schnell schwarz werdenden Moränenhügel bewegten, DeFrancesch, der weitaus Größere der beiden, in langen Schritten, und hinter ihm Aleppi, der Kleinere, ebenso geschmeidig, mit kleineren Schritten, unaufhörlich auf dem Weg zur großen Wand, die wie ein riesiger Schatten über allen stand.

»Vielleicht huldigen sie einer alten Weisheit!«, unterbrach Karl das Schweigen der Hiergebliebenen.

»Was für eine Weisheit?«, fragte Peter.

»Wenn du einen Flugzeugabsturz überlebt hast, musst du am nächsten Tag sofort wieder in ein Flugzeug steigen!«

»Wieso denn das?«

»Sonst wirst du nie mehr in deinem Leben fliegen!«

Nun begaben sich die Hiergebliebenen zum Küchenzelt und nahmen schweigend das Abendessen ein. Wenig später wünschte man sich eine gute Nacht, und ein jeder verkroch sich in seinem Schlafsack, lag geborgen in großen Schichten von Daunen, während sie in Gedanken bei den beiden waren, die jetzt wohl am Fuße der Wand angelangt sein mussten. Und wirklich, als Karl noch einmal vor das Zelt trat, um sich zu erleichtern, sah er zwei winzige Lichter, kaum erkennbar in dieser riesigen Entfernung, am Fuße der Steilwand, als wären sie unbeweglich.

In Wirklichkeit kletterten die beiden in bemerkenswerter Geschwindigkeit höher. Sie hatten als Route die schwarzen Felsrippen links von der Eisrinne gewählt, über die Peter und Karl nach oben gelangt waren. Auf diese Weise wollten sie verhindern, in das Schussfeld einer neuerlichen Lawine zu geraten, der die Rinne als natürlicher Verlauf dienen musste. Karl konnte nicht erkennen, wer von den beiden jeweils vorausstieg und wer der Sichernde war. Er blickte noch einmal in den Sternenhimmel, sandte den beiden in der Wand so etwas Ähnliches wie ein Gebet und verkroch sich wieder in seinem Schlafsack. Erinnerungen an die beiden sehr gegensätzlichen Seilgefährten kamen ihm beim Einschlafen in den Sinn.

Aleppi, der Kleinere, Stämmige, war der Lebenslustige, der abends beim Lagerfeuer auf seiner Mundharmonika blies. Er war, ebenso wie Karl, auf einer Bergsteigerhütte aufgewachsen und dort, offensichtlich ohne sich dabei selbst zu verleugnen, oftmals Alleinunterhalter gewesen, so auch auf ihrer Anmarschroute, selbst wenn die Stimmung gedrückt war, und meistens genau dann. Aleppi liebte zudem die Gesellschaft von Frauen, an der auf seiner Hütte keinerlei Mangel bestand, vor allem, wenn er auf der Gitarre spielte oder die Mundharmonika blies. Sein Freund DeFrancesch, mit dem er zeit seines Lebens in den Bergen unterwegs gewesen war, war nicht nur einen halben Kopf größer, sondern bildete auch physiognomisch einen Gegensatz zum heiteren Aleppi. Man sah DeFrancesch beinahe niemals lachen. Allerhöchstens huschte ein kurzes Lächeln über seine strengen Züge. Er war verheiratet, lange schon, aber man sah ihn immer allein, so wurde von Aleppi erzählt. Er hatte DeFrancesch auf rätselhafte Art und Weise kennengelernt, auf Aleppis Hütte nämlich, ähnlich wie es Karl und Gregor ergangen war. Aleppi hatte Karl davon in gebrochenem Deutsch erzählt. Wie einen verloren gegangenen Bruder hätte er ihn wiedergefunden.

Als am nächsten Morgen, beim ersten Tageslicht, Karl wieder vor das Zelt trat, musste er mit dem Fernglas lange suchen, bis er die beiden fand: winzige Punkte, schon fünf- oder sechshundert Meter über dem Wandfuß. Nach längerem Beobachten erkannte Karl nun auch, dass die beiden Freunde dort oben ihre Führungsarbeit nach ihren eigenen Stärken richteten: Die Risse und Kamine führte der kleine, muskulöse Aleppi, während DeFrancesch die Wandstellen als Erster zu meistern schien. Die beiden erinnerten Karl an Peter Hammer und sich selbst. Jeder beherrschte etwas besser, als es der andere konnte. Sie waren alle wie Gegensatzbegriffe. Sie ergänzten sich. Mit einem Mal hatte Karl großen Respekt vor Angelus Korff: Wie der Besitzer einer Fußballmannschaft hatte er immer die Ergänzung des jeweils anderen in sein Team genommen.

Immer noch waren die beiden in den schwarzen Felsen unterwegs. Dieses Gelände musste weit schwieriger zu klettern sein als die Eisrinne, der Peter und Karl gefolgt waren. Aber offensichtlich war es ein sicherer Anstieg.

Nach dem Mittagessen griff Karl einmal mehr zum Fernglas. Er litt durch das ständige Hinaufschauen schon unter

Genickschmerzen, aber sie waren auf einen Schlag vergessen durch das, was er jetzt sehen musste.

Durch das Fernglas gesehen, waren es nicht viel mehr als ein paar schwarze Punkte, die Karl sah, als sie über Aleppi und DeFrancesch niedergingen. Ihnen folgten kleine weiße Wolken, die beinahe neckisch anzusehen waren.

Aber für die beiden dort oben war es wie das Donnern und Krachen in einer Schlacht, als große und kleinere Steinblöcke und -brocken über sie niedergingen, die einen wummernd, die anderen sirrend, wieder andere lautlos. Die lautlosen waren die gefährlichsten, wie Aleppi und DeFrancesch wussten, denn diese drohten direkt auf ihre Köpfe zu treffen. Deshalb konnte man sie nicht hören.

Beinahe augenblicklich stank es nach Schwefel, als die ersten Steine irgendwo weit unter ihnen aufschlugen, und die beiden drückten instinktiv ihre behelmten Köpfe an den schwarzen Felsen, hatten sie dies alles doch schon oft erlebt in ihrem Bergsteigerleben. Aber dieses Mal waren sie nicht in den Dolomiten oder in den patagonischen Anden, sondern auf siebentausendfünfhundert Metern, exakt an der Grenze dessen, was man früher als Todeszone bezeichnet hatte. Es würde noch stundenlang nach Schwefel riechen, aber das Krachen war endlich vorbei.

Nun ließen sie erneut die Seile durch ihre Hand und durch Daumen und Zeige- und Mittelfinger gleiten und tasteten sie sorgfältig nach Beschädigungen ab. An mehreren Stellen war der Mantel aufgerissen, und – wesentlich bedenklicher – an einigen Stellen war der Kern beschädigt, wie die beiden beim Darüberfahren mit Daumen und Zeigefinger an deutlichen Dellen erspürten. Solche Seile durfte man normalerweise keinesfalls mehr benutzen. Aber was war hier normal?

Sie blickten sich gegenseitig an. Aleppi rettete die Stimmung, indem er einen Spruch tat, den er in ähnlichen Situationen schon oft verwendet hatte: *What to do? Inschallah!* Beide lachten und machten sich wortlos für den Rückzug bereit. Sie seilten sich voller Gottvertrauen an ihren beschädigten Seilen ab, durch die ganze Nacht und die Riesenwand nach unten. Und die Seile hielten.

Am Wandfuß warteten im Morgengrauen Karl und Peter und Nima Dorjee und zwei Küchenjungen mit heißer Suppe und Tee. Karl sah das Blut an den zerschundenen Händen der beiden und ihre grauen Gesichter, ziseliert und wie aus Erz gegossen, und er sah ihre nach außen schielenden Augen, die von großer Erschöpfung zeugten.

Im Basislager angekommen, saßen sie alle um den Tisch, den die Sherpas ins Freie getragen hatten, und tranken ihren Tee, in den Theresa einige Schlucke Whisky gemengt hatte. Sie saßen lange da und sagten gar nichts. Schließlich war es Aleppi, der das Schweigen brach und in seinem gebrochenen Deutsch die Worte Peter Hammers wiederholte: »Der Berg mag uns wirklich nicht!«

* * *

Diese Sätze klangen für die Kameraden wie eine erlösende Zauberformel und sie besiegelten ohne weitere große Worte das Ende der Unternehmung. Jetzt war ein jeder erleichtert, und schließlich auch die Sherpas, die anfänglich wohl um den in Aussicht gestellten Lohn gebangt hatten. Aber alle versicherten ihnen, dass sie den vollen Betrag erhalten würden, und schließlich war es ja auch viel wert, wenn sie ihre Familien gesund und wohlbehalten einige Wochen früher wieder sehen könnten.

So war die Stimmung trotz des Verlustes der halben Ausrüstung mit einem Mal ausgelassen und fröhlich, und man beschloss, sich nach dem Abbauen der Zelte am nächsten Morgen in zwanglosen Gruppen ins Tal zu begeben. Man würde sich ja ohnehin in dem einen oder anderen Dorf wieder treffen.

Jetzt erst fiel Karl auf, dass Theresa nicht hier war. Sie musste sich irgendwo in der Landschaft befinden. Er fand sie schließlich mit Hilfe des Fernglases einsam auf einem Moränenrücken sitzend.

Als er zu seinem Zelt ging und den Eingang öffnete, fand er zu seinem Erstaunen alles sehr ordentlich aufgeräumt, wo er doch selbst nie wirklich Ordnung gehalten hatte. Er fand eine zweite Matte neben seiner im Zelt, darauf ein ordentlich ausgebreiteter Schlafsack, seine Bücher waren wie in einer kleinen Bibliothek in einer Ecke verwahrt, und am Kopfende zwischen den Schlafsäcken steckten drei Kerzen in Blechdosen, die jemand liebevoll mit Sand als Halterung gefüllt hatte.

Sie freuten sich, als sich herausstellte, dass ihre Schlafsäcke sogar koppelbar waren, und schmiegten sich aneinander. Später mussten sie lachen, wenn sie daran dachten, dass die Kerzen, die noch immer brannten, mit dem Perlon des Zeltes in Berührung gekommen wären, dieses nach und nach verschmort hätten und sie schließlich, nur mehr vom nackten Gestänge umgeben, ebenso nackt unter dem Sternenzelt gelegen wären.

Am nächsten Morgen, als Karl und Theresa aus dem Zelt krochen, fiel es keinem der Kameraden ein, länger als für gewöhnlich hinzusehen oder anders als gewöhnlich »Guten Morgen« zu wünschen, ganz so, als sei es schon immer so gewesen.

Niemals in seinem Leben war Karl eine Niederlage an einem Berg leichter gefallen als jetzt, als er mit Theresa durch die Moränentäler talwärts ging. Wacholdersträucher dufteten, und auch das Krächzen der Raben war wieder zu hören. Karl drehte sich kein einziges Mal um, um die Schwarze Wand noch einmal zu sehen. Auch keiner seiner Kameraden tat dies und die Sherpas erst recht nicht. Niemand drehte sich mehr um, alle Blicke und Schritte waren nach unten gerichtet.

Bald erreichten sie tiefer gelegene, wärmere Regionen, wiewohl sie sich immer noch auf über viertausend Metern befanden. Hier, entlang dem Lauf des Dudh Kosi, verlief die bisher glücklichste Zeit Karls und auch Theresas. In den Dörfern, durch die sie kamen, sprangen im Übermut die Kinder, die jungen Hunde und kleinen Ziegen auf den Dorfplätzen herum, die beiden tranken tibetischen Schwarztee mit Salz und ranziger Butter und Yakmilch, dessen Geschmack ihre Gesichter verzog und sie trotzdem lachen ließ. Und wenn sie die Dörfer verließen, leuchteten die riesigen Rhododendronbäume in Weiß, Rot und Violett, und wenn sich Karl jetzt doch einige Male umdrehte, umdrehen *musste,* leuchtete auch das Gesicht von Theresa.

Am Abend des dritten Tages erreichten sie, die letzten steilen Höhenmeter absteigend, Namche Bazaar, nun doch schon etwas ächzend und müde in den Knien nach diesem langen Marsch. Ihre Gefährten waren hinter ihnen oder voraus, sie wussten es nicht. Aber man würde sich schon wieder treffen. Nur Nima Dorjee war immer mit ihnen gewesen, der schnelle Läufer, der den Hubschrauber verständigt hatte. Und Nima (sein Name bedeutet nicht nur Sonne, sondern auch Sonntag, denn er war an einem Sonntag geboren. Und Dorjee steht für unzerstörbar, auch Glück) geleitete sie auch zu einer kleinen Lodge in diesem auf dreitausendvierhundert Metern Höhe gelegenen Hauptort des Solo Khumbu, der Heimat der Sherpas. Natürlich hatte Karl Nima Dorjee in Verdacht, dass er von der Wirtin Provision kassieren würde oder vielleicht andere Annehmlichkeiten, wenn er ihr diese Gäste ins Haus brachte. Aber beim Eintritt in die Gaststube war jeder Verdacht verflogen, Karl sah nur ehrliche Gesichter, und alles hier war getäfelt und warm und gemütlich, und die Küche, integriert in diesem einen Raum, war sauber und verströmte einen Geruch nach exotischen Gewürzen, Pommes frites und Yaksteak. Es war in der kleinen Stube ein jeder Tisch besetzt, mit Ausnahme eines großen Ecktisches. An dessen Ende saß ein alter Mönch in sehr aufrechter Haltung und hatte eine große silberbeschlagene, hölzerne Schale und einen großen Krug *Tschang* vor sich stehen. Aus ihm wurde dem Mönch in äußerster Ehrerbietung immer wieder von der Wirtin nachgeschenkt. Sein Gesicht war ein einziges Lächeln. Er trug eine rote Kutte und eine rote Wollmütze, die er auch hier, in der geheizten Gaststube, nicht abgenommen hatte. Nima Dorjee fragte höflich, ob man sich zu ihm setzen dürfe. Der Mönch lächelte weiterhin und sein Gesicht war wie eine Einladung, aber er antwortete nicht. Erst viel später verstand Karl, dass dieser Mann kein einziges Wort Sherpa-Sprache, auch nicht Nepalesisch oder Englisch verstand. Aber man setzte sich zu ihm.

Natürlich bestellte Karl für sich und für Theresa ein lang ersehntes Yaksteak, wohl wissend, dass sie sich hier im heiligen Bezirk der Sherpas befanden, wo keine Schlachtung eines Tieres stattfinden durfte. Das Steak stammte von einem Wasserbüffel im weit entfernten und tiefer gelegenen Bung, aber das Wort Yaksteak klang einfach besser und schmackhafter, und so bestellte man es.

Nima Dorjee hatte sich Dal Bhat bestellt und wollte sich, so wie es die Art der Sherpas war, an einen eigenen Tisch setzen, zusammen mit anderen Sherpas, so wie man es sie immer gelehrt hatte. Aber Karl bestand darauf, dass er mit ihnen aß.

»Thank you, Sahib!«, sagte darauf Nima.

»Nenn' mich nicht immer Sahib!«, wiederholte sich Karl.

»Danebhat, Rinpotsche! – Danke, Kostbarer« erhöhte daraufhin Nima seine Ehrerbietung auf Nepali. Ein solcher Ehrentitel war normalerweise nur dem Abt eines Klosters vorbehalten. Jedenfalls war Karl so noch nie genannt worden, aber nach einem scheuen Blick zur Seite, zum fremden Mönch, sagte Karl nichts mehr. Der Mönch lächelte.

Nach dem Essen begab sich Karl mit Theresa hinaus auf den kleinen Platz vor der Lodge, um eine Zigarette zu genießen. Denn Nima hatte ihnen bedeutet, dass die Wirtin an Asthma leide, seit Jahren schon, und der Zigarettenrauch ihr sehr schade. Aber die Wirtin war ihnen nachgegangen und klärte sie nun über ihren freundlichen Tischnachbarn auf. Bei ihm handle es sich um Thubten Tulku, den höchsten geistlichen Würdenträger im ganzen Sherpagebiet.

»Ein Tulku?«, fragte Karl, beinahe ungläubig.

»Ja, ein Tulku. Thubten Tulku!«, wiederholte sie geduldig und begab sich wieder in ihre Lodge.

»Ein Tulku!«, wiederholte Karl, fast ungläubig. Nicht dass Karl sich selbst als sehr religiös empfand, doch er fühlte großen Respekt gegenüber den Menschen, die ihm hier begegnet waren, und mehr noch vor ihrer Hochachtung, die sie der eigenen Religion entgegenbrachten.

Ein Tulku war ein buddhistischer Meister, den man als bewusste Wiedergeburt eines früheren Meisters anerkannt hatte. Darüber hinaus war ein Tulku jemand, der sich der Aufgabe verschrieben hatte, so lange als Wiedergeburt wiederzukehren, bis auch das letzte Lebewesen auf dieser Welt, und sei es ein Regenwurm, von seinem Leiden erlöst war. Es gab nur, und auch das wusste Karl, etwa eintausend Tulkus auf der ganzen Welt. Und hier drinnen saß einer von ihnen.

Mit Karl, mit Theresa, mit Nima Dorjee an einem Tisch, friedlich sein Bier trinkend.

Hier nun wurde Karl wie von einer fremden Macht in eine derartig überschäumende Lebensfreude getragen, dass er der beleibten Wirtin auftrug, eine Flasche Whisky auf den Tisch zu stellen. Natürlich folgte sie Karls Bestellung, aber als sie die Flasche auf den Tisch stellte und die Gläser dazu, sagte sie: »Der Whisky ist aber sehr teuer in meiner Lodge! Deshalb ...« – sie überlegte eine Weile und kratzte sich dabei am Hinterkopf, so dass ihr das Kopftuch verrutschte, dann ergänzte sie: »Du wirst sicher nächstes Jahr wieder kommen. Dann kannst du im Duty-free-Shop des Flughafens eine neue Flasche viel billiger kaufen als hier und sie mir dann zurückgeben.«

Natürlich werde ich den Whisky bezahlen, dachte Karl sofort und freute sich über das uneigennützige Angebot. Aber jetzt sagte er nur: »Vielen Dank für deine Freundlichkeit!«, und schenkte ihnen allen ein, auch dem Mönch.

Sie prosteten sich zu, aber Theresa nippte nur ein wenig und auch Nima Dorjee nahm nur einen kleinen Schluck. So zogen sich beide bald zurück, Theresa aus Müdigkeit und Dorjee aus Höflichkeit, und Karl befand sich nun allein mit dem hohen Würdenträger an dem Ecktisch.

Auch alle anderen Gäste waren inzwischen zu Bett gegangen, und nur Ang Phurba, die Wirtin, saß an ihrem offensichtlich angestammten Platz, hatte das Kinn an die Brust gelehnt und schnarchte leise vor sich hin.

So war es nun still im Gastraum, bis auf das leise Schnarchen der Wirtin. Inzwischen hatte Karl herausgefunden, dass Thubten Tulku, sein hoher Gesprächspartner und nunmehriger Gast, kein Wort Nepalesisch und kein Wort Englisch sprach, und umgekehrt Karl praktisch kein Tibetisch konnte außer einigen Gruß- und Gebetsformeln. Also blieb die Kommunikation zwischen den beiden Menschen auf Gestik und Mimik beschränkt, aber Karl – als würde die scheinbare Reduktion an Kommunikationsmöglichkeiten die Wahrnehmungen auf anderen Gebieten noch verstärken – studierte nun im Halbschatten der Kerzen die Gesichtszüge seines Gegenüber umso aufmerksamer. Der alte Herr war wohl um die vierzig Jahre älter als Karl, was durch Ang Phurbas Aussage, er sei im tibetischen Jahr des Hundes geboren und im Element des Wassers, bestätigt schien. Demnach musste das dann im Jahre 1922 gewesen sein. Sein Hemd hatte eine goldgelbe Farbe und ragte nur mit dem Kragen aus dem roten Pullover heraus. Um den Hals trug er einen Rosenkranz, wie es schien aus Korallen. Seine rote Tracht zeugte von der Angehörigkeit zu einem tibetischen Kloster.

Die Whiskyflasche war schon halb leer, und einige leere Bierflaschen zeugten davon, dass man hier eifrig nachgespült hatte. Auch der Krug mit dem Tschang war regelmäßig nachgefüllt worden. Aber Thubten hatte seine aufrechte Sitzhaltung in diesen Stunden um keinen Millimeter verändert.

Ab und zu wachte Ang Phurba aus ihrem Halbschlaf auf, dann wurde das Schnarchen unterbrochen und durch einige gemurmelte Gebete ersetzt. Nach ihrer Erzählung war Thubten Tulku schon seit dem frühen Nachmittag auf seinem Platz und hatte sich noch nie bewegt. Er musste daher schon das Doppelte von Karl getrunken haben, aber er zeigte keine Regung. Karl fiel, zum jetzigen Zeitpunkt etwas unpassend, ein

Versuch an einer amerikanischen Universität ein, über den er gelesen hatte. Man hatte zehn oder fünfzehn freiwilligen buddhistischen Mönchen, mit deren Einwilligung natürlich, die zehnfache Dosis eines starken Schlafmittels verabreicht. Genug, um ein mittleres Dorf in Tiefschlaf zu versetzen. Aber das Schlafmittel zeigte keinerlei Wirkung. Weil die Mönche es nicht wollten.

Als Karl den letzten Schluck Whisky in ihre Gläser goss, fiel ihm mit einem Mal die Ähnlichkeit mit Otto auf. Die Gesichter von Thubten Tulku und Otto, dem Briefträger ähnelten sich nicht nur, sie glichen sich auf verblüffende Weise, als wären sie ein und dasselbe, wiewohl getrennt nicht nur durch räumliche und zeitliche Distanz, sondern auch durch Sprache, Abstammung, Prägung, Vergangenheit. Es waren Landkarten aus verschiedenen Altern, Mühsalen, Freuden und Sorgen. Und deren Bewältigung. Auf den ersten, oberflächlichen Blick schien dieser Gesichtsausdruck Gleichgültigkeit zu signalisieren, eine Art Unbeteiligtheit. Auf den zweiten Blick aber strahlten ihre Gesichter in Gleichmut und damit Weltverständnis. Und Mitgefühl. Das war es wohl, was sie derart gleich machte.

Mit dieser Erkenntnis stieg Karl über die Stiege hinauf. Es war nun zwei Uhr nachts. Theresas Gesicht lag entspannt im tiefen, rot karierten Kopfpolster. »Du riechst nach Whisky«, murmelte sie schlaftrunken, rückte näher und schmiegte sich an ihn. »Aus allen Poren!«

Karl erwachte durch ein leises Murmeln. Er stand auf und ging zum geöffneten Fenster. Draußen war es gerade hell geworden und frühlingshaft warm. Er sah Thubten Tulku betend den kleinen Platz vor der Lodge auf und ab gehen, die Mala, eine Gebetskette in der Art eines Rosenkranzes, in der Hand. Er lächelte zu ihm herauf, und man konnte ihm nicht im Entferntesten den Alkoholkonsum und den nur zweistündigen Schlaf ansehen. »Good Morning!«, sagte der Mönch. Es waren die einzigen englischen Worte, die Karl je von ihm gehört hat.

* * *

Die einzige Botschaft, die die Bergsteiger nach der Rückkehr in ihr Hotel in Kathmandu vorfanden, bestand aus wenigen Zeilen: »Es ist etwas grundsätzlich Faules in mir«, schrieb Korff. »Ich muss mich zu weiteren Untersuchungen nach Zürich begeben.« Die Zeilen waren mit zittriger Handschrift verfasst und zeugten von der noch immer schwachen Konstitution Korffs.

Der Ort, an den Karl Theresa einige Tage später, als sie wieder zu Hause waren, führte, war alles andere als geheim. Es war ein öffentlicher Ort. Geheim war nur die Geschichte, die auf ihm lastete, und Karl wollte dieses Geheimnis mit jener Person teilen, die ihm jetzt näher als alle anderen Menschen dieser Welt war.

III

Er stellte seinen Wagen auf einem geschotterten Parkplatz am Rain der großen Felder ab, die einen einsamen Hof umgaben. Ein leichter Sommerwind bewegte die Schilfrohre am Rande eines langsam fließenden Gewässers, und manchmal glaubten sie, das Platschen einer Wasserratte oder eines Bibers zu vernehmen.

In Sichtweite des einsamen Hofes erzählte Karl seiner Gefährtin über die frühen Jahre des Vaters. Hier war der Vater Verwalter geworden. Der Hof war groß, und es gab damals noch nicht viele Maschinen, auch keine Traktoren, deshalb saßen bei den gemeinsamen Mahlzeiten fünfzehn Menschen am Tisch: Rosser, Melker, Knechte, Mägde. Und es gab einen Hofhund. Der hieß Mohri, weil es sich um einen riesigen schwarzen Neufundländer handelte. Oder eine Mischung aus einem Neufundländer und einem Riesenschnauzer. Vielleicht hätte man Mohri damals besser *Balu* genannt, nach dem Bären in Kiplings *Dschungelbuch*. Aber sicherlich hatte vor so langer Zeit kein Mensch in dieser bäuerlichen Umgebung jemals von einem Dschungelbuch gehört, noch weniger es gelesen. Wahrscheinlich deshalb hatte man Mohri nach einem Mohren genannt, nach allem Dunklen, dessen Herkunft ungewiss war und schon deshalb bedrohlich und gefürchtet. Und Mohri verbreitete wirklich Furcht, denn er nahm seine Aufgabe als Hofhund ernst, und Nachbarn wie Besucher und selbstredend der Briefträger machten nach Möglichkeit einen großen Bogen um ihn. Im gleichen Maße, in dem der Hund beim Grafen, dem Besitzer des Hofes, der Ländereien und Wälder, verhasst war, weil er angeblich immer wieder beim Wildern beobachtet wurde, hing Karls Vater an diesem großen, starken Tier. Denn einst, als ein tausend Kilo schwerer Stier sich beim Klauenschneiden auf der Tennenbrücke losgerissen hatte und auf Karls Vater losgegangen war, hatte sich Mohri unerschrocken dazwischengeworfen und den Stier in Schach gehalten, bis sich Karls Vater in Sicherheit gebracht und mehrere Männer das Tier abgedrängt und beruhigt hatten.

Eines Tages kam der Graf auf den Hof und berichtete Karls Vater, dass er Mohri schon wieder beim Wildern beobachtet hätte. Er forderte ihn deshalb auf, den Hund zum Hundemetzger zu bringen. Damals, nach dem Krieg, gab es noch Hundemetzger, und der Vater musste sich allem inneren Widerstand zum Trotz diesem Befehl fügen. Also machte er sich auf, mit Mohri an der Seite, der ihm gehorsam folgte. Sie überquerten den Inn über eine neu errichtete Brücke und näherten sich dem Dorf, in dem der Metzger war. Je näher sie kamen, desto langsamer wurden sie. Aber schließlich kamen sie doch an, mussten ankommen. Der Metzger taxierte den großen, schweren Hund und bot dem Vater hundert Schilling. Aber er hatte noch gar nicht zu Ende geredet, als der Vater schon antwortete: »Das ist viel zu wenig!«, und sich umwandte, ohne ein neues Angebot des Metzgers abzuwarten. Nur hinaus aus diesem Ort, nur weg von hier, mit dem gehorsamen Mohri an seiner Seite. So trotteten sie wieder nach Hause, über die neue Brücke und zurück zum Hof.

Dort saßen sie einige Tage später beim Mittagessen um den großen Tisch, die Knechte, die Melker, die Mägde und die Rosser, der Mohri unter dem Tisch. Da betrat der Graf den Raum und forderte den Vater auf, den Mohri ins Freie, in den Hof zu bringen. Jeder an diesem Mittagstisch wusste, was dies bedeutete. Und der Vater leistete Widerstand, er war jetzt stärker als der Graf, den ohnehin ein jeder in der Umgebung als wahnsinnig empfand, am meisten seine eigene Verwandtschaft. Hier wusste der Verwalter sein Gesinde um sich, seine Männer, die ihm ergeben waren, und auch die Frauen, so wie sie um den Tisch saßen. Und Mohri, den sie alle mochten, der vielleicht Ergebenste von allen, der unter den großen Tisch gekrochen war, dieser Mohri, der den Vater vor dem großen Stier gerettet hatte und nun vielleicht sein Ende ahnte. Inmitten all dieser Wesen entgegnete der Vater mit fester Stimme: »Graf, den Hund liefere ich dir nicht aus. Der Hund bleibt bei mir!«

Der Graf ein letztes Mal: »Verwalter, bringen Sie den Hund in den Hof!«

»Der Hund bleibt hier!«

Da nahm der Graf das Gewehr von seinem Rücken, und alle am Tisch sahen starr vor Entsetzen zu, wie er die Waffe lud und den Mohri unter dem Tisch, zwischen den Beinen des Gesindes, erschoss.

Karl sah ein verdächtiges Schimmern in Theresas Augenwinkeln und wollte zu einem ganz anderen Thema übergehen. Aber Theresa blieb tapfer und fragte: »Und danach? Was war nach Mohri? Was kam dann?«

»Dieses Ereignis war es, das den Vater und die Mutter in Korffs Hände trieb. Denn der Vater hatte hier, im Weiler unterhalb des gräflichen Schlosses, die Mutter kennengelernt und nun gekündigt, weil er diesen Grafen nie mehr sehen wollte.

»Und was hat ihn dann wieder herausgetrieben aus Korffs Händen oder denen seiner Familie?«, fragte Theresa. »Weißt du es?«

»Ja, er hat es mir irgendwann erzählt. Korffs Mutter hatte ihn einmal zu sich gerufen. Er glaubte, es handle sich um betriebliche Gründe. Aber sie empfing ihn im Negligé und wollte ihn überreden, seine Familie zu verlassen und mit ihr auf Weltreise zu gehen. Er hat abgelehnt. Ein oder zwei Jahre später, bei einer der sogenannten Krisen, der immer wiederkehrenden Krisen, wurde er entlassen und aus der Dienstwohnung geworfen. Wir wurden aus der Wohnung geworfen. Dann folgte das Leben auf der Hütte, und für mich damit Gnadenwasser.«

Theresa nickte.

Karl kam noch einmal auf den Mohri zurück und sagte: »Dort, bei den Weiden, haben sie den Mohri begraben. Und einer der Knechte, so hat mir mein Vater erzählt, hat sogar eine Erinnerungstafel aus einem Holzbrett gesägt und Mohris Namen dareingeschnitzt. Sie haben die Tafel hier irgendwo an einen Baum genagelt.«

Karl und Theresa machten sich auf die Suche nach der Tafel. Sie wanderten zweimal, dreimal an dem beschriebenen Ort auf und ab, aber sosehr sie auch suchten, sie fanden keine Tafel mehr und keinen Hinweis darauf, dass es je in dieser Gegend einen Mohri gegeben hatte.

* * *

Ein anderer Ort, den Karl seiner Gefährtin zeigen wollte, zeigen musste, war eine Alm im Karwendelgebirge. Sie lag etwas abseits der viel begangenen Strecken und wurde deshalb selten von Bergwanderern besucht. Die beiden begaben sich zum Westbahnhof von Innsbruck, denn Karl wollte Theresa die Fahrt durch die Tunnel der Martinswand zeigen.

Das für die Zeit seiner Erbauung eher schlicht gehaltene, zweigeschossige Gebäude mit seinem Walmdach und seinen Anklängen an die Secession war zu Zeiten des Kaisers Franz Josef des Ersten errichtet worden, und damit auch zu Zeiten von Karls Großvater. Denn der war einer der Leibwächter des Kaisers gewesen.

Was wäre wohl gewesen, fragte sich Karl, als er, mit Theresa auf den Zug wartend, diese kümmerlichen Reste der kaiserlichen Pracht betrachtete, was wäre wohl aus seiner Familie geworden, wenn das Habsburgerreich nicht zusammengebrochen wäre? Was wäre wohl heute aus seiner – Karls – Familie geworden? Jahrzehnte vor Karls Geburt war der Großvater untergegangen, zusammen mit dem Kaiser, gemeinsam mit dem Vielvölkerstaat der Donaumonarchie. Er war nach Hause gekommen, nach einem Schlaganfall, in das ärmliche Bergbauernanwesen mit den zehn Kindern und den zwei Kühen, und hatte die nächsten zehn Jahre seines Lebens, die letzten, als Apoplektiker die Kinder und nächtens auch die Nachbarn traktiert. Stundenlang hatte er, weil er nicht schlafen konnte, mit seinem Krückstock auf die Balustrade des Balkons geschlagen, dass es weitum hörbar war, und gerufen: »Es ist alles umsonst!«

So war es Karl erzählt worden. Karl hätte nur allzu gerne gewusst, wie sein Großvater zu seiner hoch angesehenen Anstellung gekommen war, als Tiroler aus einem abgelegenen Seitental in das mondäne Wien an den Kaiserhof. War es nicht zuletzt die Tatsache gewesen, dass er am gleichen Tag wie der Kaiser seinen Geburtstag feierte, nämlich am achtzehnten August, wie Karl aus den spärlich vorhandenen Familienaufzeichnungen wusste? Sein athletischer Körperbau und seine Treue zur katholischen Kirche allein konnten es ja nicht gewesen sein, dachte sich Karl. Doch gleich rief sich Karl selbst zur Ordnung. Auch wenn es nur seine innersten Gedanken gewesen waren, schämte er sich jetzt doch ein wenig dafür, denn niemals in seinem Leben war Karl, der sich doch als Freigeist sah, einem dynastischen Denken unterworfen gewesen. Aber die Ahnung von der Pracht der Vergangenheit angesichts dieses Gebäudes hatte ihn doch ein wenig mitgerissen, so jedenfalls entschuldigte sich Karl bei sich selbst.

Aber schon war der Zug auf dem Bahnsteig eingefahren. Theresa und Karl saßen sich während der Fahrt gegenüber, und in den lang gezogenen Schleifen, die bald folgten, quietschten die Räder und der Waggon knarzte und ächzte, als beschwere er sich über die Mühsal der Steigung, die zu bewältigen war. Auch schaukelte der Waggon ein wenig, und die beiden glichen die Bewegung mit ihren Oberkörpern aus und mussten dabei lachen. Bald kamen sie zu einer Galerie, deren Steher das Sonnenlicht unterbrachen und wie besonders flinke Staffelläufer ihre Schatten auf Theresas Gesicht hinterließen. Danach folgten die ersten Tunnel, und die Phasen der Dunkelheit und der Helligkeit dazwischen wurden länger. Hell, dunkel. Hell, dunkel. Hell, dunkel. So fielen sie in ihr Gesicht.

Sie waren im Inneren der Martinswand verschwunden. Da draußen, wenige Meter entfernt, am Äußeren des Berges, war die Wand, die Karl seinerzeit, vor langer Zeit, wie ihm schien, zusammen mit Gregor durchklettert hatte. Die erste Route im damals höchsten Schwierigkeitsgrad. All das hätte er vielleicht nie erlebt, dachte sich Karl mit einer gewissen Dankbarkeit, wenn es damals für seinen Großvater eine Versicherung gegeben hätte, wenn die Familie im Wohlstand aufgewachsen wäre ... wenn, wenn, wenn. Aber hätte er dann Tschaikowskis Erstes Klavierkonzert mit einer solchen Inbrunst gehört, damals, als ihm Gregor die Langspielplatte zum fünfzehnten Geburtstag geschenkt hatte? Das war zweifelsfrei eine Wendung in seinem Leben gewesen, ein Abbiegen in die richtige Spur, und er war noch immer seinem Freund dankbar, dessen Leben so rätselhaft zu Ende gegangen war.

Ganz kurz umfing sie fast so etwas wie Dunkelheit, aber dann kam schon das Ende der Tunnel und wieder das Sonnenlicht. Gebannt blickte Theresa durch die Bögen hinaus in die leuchtende Welt der Stubaier Alpen, die wie in einem langsamen Stummfilm vorbeizogen. Auch Karl schaute hinaus auf diese Landschaft. Der Stummfilm lief, immer langsamer werdend, weiter.

Das Licht verlieh ihrem Gesicht einen schimmernden Glanz, den Karl zu ergründen suchte, bevor doch wieder kurze Tunnel oder Unterführungen folgten und sie für zwei, für drei, für fünf Sekunden in der Dunkelheit verschwand. Hell, dunkel. Hell, dunkel, hell, dunkel. Eine Welt, in der alles Hell zu Dunkel wurde und das Dunkel bald wie ein fernes Leuchten einer Erinnerung war.

In Scharnitz verließen sie den Zug und wanderten das lange, sanft steigende Hinterautal höher, immer entlang der Isar, ihrem Ursprung entgegen. Oberhalb des Isarursprungs wechselten sie auf die andere Seite des Baches und erreichten schließlich den Lafatscher Hochleger, der nur aus wenigen Almhütten bestand. Sie wurden freundlich begrüßt und setzten sich zur kleinen Bauernfamilie in die Küche. Das gemeinsame Abendessen verlief recht schweigsam. Alle hier um den Tisch waren sicher seit dem frühen Morgen auf den Beinen, und auch Theresa gähnte nun verstohlen. Man wies ihnen ihr Zimmer zu, der Raum duftete nach frischer Bettwäsche und Zirbenholz und durch die einwandigen Fensterchen hörte man das Bimmeln der Kuhglocken und -schellen.

»Es ist nicht das erste Mal, dass du hier bist, Karl«, stellte Theresa fest.
»Nein«, sagte Karl. »Nicht das erste Mal.« Und wollte sagen, aber das glücklichste Mal. Indes er sagte es nicht. Hätte er es sagen sollen?
»Und nicht das erste Mal mit einer Frau«, stellte sie fest.
»Nein«, sagte Karl, und war zugleich verstört. Hatte er heute nicht alles gegeben, was ein Mensch geben konnte? Als Bergsteiger naturgemäß eher verschlossen, hatte er doch den ganzen Tag vergleichsweise weit sein Herz, seine Seele vor ihr ausgebreitet, schutzlos und offen. Hatte sie das nicht erkannt? Für eine ganze Weile herrschte Schweigen zwischen den beiden. Karl ahnte – ja wusste –, dass Theresa jetzt etwas verloren glaubte, was er ganz im Stillen mit dem hässlichen Begriff Alleinstellungsanspruch benannte, und Karl war fast so etwas wie unwillig darüber. Und über das hässliche Wort. Denn er hatte an Theresa geglaubt, mehr noch, er hatte geglaubt, dass ihm, Karl, so etwas wie Liebe und Standhaftigkeit ihr gegenüber möglich war, vielleicht zum ersten Mal in seinem Leben.

Umgekehrt hatte sie geglaubt, dass sie hier, an diesem Ort, die Erste gewesen sei zusammen mit Karl, ähnlich wie Kolumbus auf den Jungferninseln im Jahre 1493, schoss ihm der nächste unschöne Gedanke durch den Kopf. Aber durch ihre plötzlichen Zweifel war auch er jetzt im Zweifel, im Zweifel an sich selbst, im Zweifel an sie und an etwas wie die Liebe. Nicht nur eine allgemeine Liebe zur Menschheit, sondern eine sehr personenbezogene, zielgerichtete Liebe zu *einem* Menschen allein. So, wie er es sich immer gewünscht hatte.

Dieser seltsame Zustand, der Karl und sicher auch Theresa zustieß, jetzt zustieß, in diesen Momenten, war wie ein kalter Windhauch zwischen die beiden gefahren und hatte

Karl wieder in jenen Zustand des gefrorenen Kindes versetzt, den er von sich nur allzu gut kannte. Theresa hatte das alles angestoßen vor wenigen Minuten, da war sich Karl jetzt sicher, es war ihre Schuld gewesen, oder zu einem großen Teil, und eine Art Vertrauensverlust legte sich wie eine Eisschicht um seine Seele. Schließlich hatte er ja nur eine ehrliche Auskunft gegeben. Nein, er war nicht das erste Mal hier gewesen. Aber das hier jetzt war ihm das wichtigste Mal, wie eine Hoffnung auf einen neuen Aufbruch, einen Anfang in seinem Leben.

Die rettende Idee, die ihnen zugleich kam, war es, gemeinsam eine Zigarette zu rauchen, eine Gute-Nacht-Zigarette, wie sie Theresa nannte. Bald standen sie vor der Hütte, in der warmen Luft des Augustabends, und die Abenddämmerung war gerade genug fortgeschritten, dass sie beim Ziehen an ihren Zigaretten das Aufglimmen und ein kurzes Aufscheinen im Gesicht des anderen bemerken konnten.

Karl wies mit dem Kinn talauswärts, wo gerade der erste Stern im Himmel schwamm. »Die Venus«, sagte er andächtig zu Theresa gewandt. »Und das ist hier das erste Mal in meinem Leben!«

Nachdem sie jeweils den letzten Zug an ihren Zigaretten getan hatten, legte Karl den Arm um Theresa. Sie vereinbarten, in Zukunft immer am Abend um Punkt sieben Uhr auf die Venus zu blicken und sich damit zu verständigen, gleich an welchem Punkt der Erde und wie weit auch immer entfernt sie voneinander wären.

* * *

Jener Sommer, der zu schön gewesen war, um ewig zu dauern, machte aus Theresa eine Kletterin. Natürlich war es Karl, der daran am meisten beteiligt war, denn er führte seine Gefährtin überall dort hin, wo er als Fünfzehn- und Sechzehnjähriger mit Gregor schon unterwegs gewesen war. Dann war er nicht selten erstaunt darüber, wozu sie beide, Gregor und er, als nicht einmal ausgewachsene junge Männer fähig gewesen waren.

An jenem Vorabend, bevor Karl und Theresa sich in den Wilden Kaiser aufmachen würden, um dort zu klettern, war Otto bei ihnen vorbeigekommen. Für einen Briefträger war dies eine unkonventionelle Tageszeit, aber Otto war insgesamt kein Mensch von Konventionen, so wie er daherkam, auf dem rostigen Fahrrad und mit dem Zeus an seiner Seite. Er brachte ein paar Briefe und berichtete, dass Angelus Korff wieder zu Hause in seiner Villa sei und völlig gesundet. Nur etwas schlanker sei er geworden, berichtete Otto und ergänzte: »Der Himalaya scheint ihm gutgetan zu haben!«

Theresa, die neben Karl stand, errötete ein wenig und nur ganz kurz, natürlich wusste sie um die Heimkehr von Angelus, aber Karl wollte mehr wissen, mehr von Otto erfahren, wie das alles gemeint war, aber der Postbote schwang sich schon wieder auf sein Rad und rief zurück: »Das hat alles Zeit!« Und weg war er.

Frühmorgens an einem taufrischen Frühsommertag waren die beiden im Auto und unterwegs zu einem der Sehnsuchtsgebirge Karls, dem Wilden Kaiser. Sie stiegen von der Wochenbrunner Alm hinauf zum Ellmauer Tor. Hier nahmen sie ihre Rucksäcke ab und verwendeten sie als Sitzunterlage. Sie blickten stumm in das felsige, kahle U-Tal hinunter, aus dem sich links und rechts die berühmtesten Wände des Gebirges erhoben: Fleischbank und Predigtstuhl. Vom Gipfel dieses Predigtstuhls aus hatte Karl damals – und diesen Anblick würde er nie vergessen – in die Ostwand der Fleischbank hinübergeschaut und sich überhaupt nicht vorstellen können, dass durch diese glatte, bedrohliche Wand jemals ein Sterblicher klettern könnte. Es hatte ihm noch das geschulte Auge des Kletterers gefehlt, das die Strukturen einer Wand nach ihrer Gangbarkeit entschlüsseln kann, wie rätselhaft auch immer sie sein mag.

Nur ein Jahr später hatte er sie durchstiegen, die Fleischbank-Ostwand, zusammen mit Gregor, in eleganter Weise, mit einem dünneren Seil zur Verstärkung des dicken roten Seils, weil weiter oben damals ein Seilquergang vonnöten war, so wie es der Erstbegeher Hans Dülfer mit seinem Partner Schaarschmidt im Juni 1912 schon gemacht hatte. Am Abend jenes Tages hatte Gregors Vater nach dem Nachhausekommen das rote Seil, das ja Gregor allein gehörte, in den Ofen geschmissen und verbrannt, was ein drastisches Minus im Budget der beiden jungen Helden auslöste. Aber mit dem Zusammenkratzen ihrer letzten Taschengeldbestände, dem Vorzeigen des Alpenvereinsausweises und dem großherzigen Entgegenkommen des Geschäftsführers des berühmten Sporthauses Witting in Innsbruck, der selbst einmal jung gewesen war und zu den allerbesten Kletterern gehört hatte, mit all diesen Vorgaben erstanden sie wieder ein Seil, wieder rot und wieder vierzig Meter lang.

»Woher kommt eigentlich der Name Fleischbank?«, unterbrach Theresa seine Gedanken. »Jaaaa ... «, überlegte Karl und kratzte sich am Hinterkopf.

»Schau einmal da hinüber, da links, in die Fleischbank-Ostwand.« Sie schaute hinüber. »Da führt ein Felsband vom Geröll der Steinernen Rinne, die von dort steil abfällt, in die senkrechte Wand hinein. Siehst du das Band, es ist teilweise breit wie ein Balkon.« Sie schaute, und Karl sah an ihrer Kopfstellung und ihren Augen, dass sie ganz woanders hinblickte. Es erging ihr gleich wie ihm, damals als Fünfzehnjährigem. Sie sah nur eine glatte Wand. Da nahm er sachte ihren Kopf, drehte ihn in die richtige Richtung und wies ihr mit dem gestreckten Daumen den richtigen Punkt zu. »Ja, jetzt sehe ich es!«, sagte sie.

»Eben!«, sagte Karl. Und auf diesem Band hatten die Jäger Hunderte von Jahren früher die Rinden von frisch geschlagenen Birken ausgelegt, aber mit der Innenseite, also der rutschigen Seite, nach oben. Dann trieben sie mit Traritrara, dem Aneinanderschlagen von Deckeln von Kochtöpfen und sonstigem Lärm, die Gämsen in die Enge, immer weiter der Wand entgegen, wo die Tiere ihr Heil in der Flucht über dieses Gamsband benannte Felsband suchten. Doch da glitten sie auf den Birkenrinden aus und fielen in die vielleicht hundert Meter tiefere steinerne Rinne und zerschellten. So brauchten die Jäger das Wildbret nur mehr einzusammeln. Daher stamme der Name Fleischbank.

Hier nun rüsteten sich die beiden. Sie zogen sich die Sitzgurte und die Brustgurte an, und Karl half Theresa, weil sie darin noch nicht so routiniert war, fädelten einen Seilring durch die Schlaufen und nahmen die Seile auf den Rücken. Sie waren leichter und dünner und belastbarer als jene, die er mit Gregor damals, vor so langer Zeit, verwendet hatte, und so marschierten die beiden zum Felsband hinüber und nahmen die Seile erst vom Rücken und seilten sich an, als das Felsband in steilere Unterbrechungen überging.

Ihre Rucksäcke mit den Autoschlüsseln, der Ersatzwäsche und den Trinkflaschen ließen sie am Ellmauer Tor zurück. Keinem anderen Bergsteiger würde es auch nur im Entferntesten einfallen, sie anzutasten oder gar daraus etwas zu entwenden. Beim Rückweg über eine andere, leichtere Route würden sie am Nachmittag wieder zu ihrem kleinen Depot zurückkommen.

Hier, in unmittelbarer Nähe zum Felsen wurde Theresa erst bewusst, wie einladend dieser helle, feste Fels war und wie elegant man an diesen Rissen und kleinen Verschneidungen höher klettern konnte. Als Karl sie beobachtete, freute er sich über die Leichtigkeit ihrer Bewegungen und daran, wie schön dieses Unterwegssein war im Gegensatz zum endlosen, mühsamen, geistlosen Schneestapfen im Himalaya, bei dem man nur das eigene Keuchen in der sauerstoffarmen Luft vernahm. Hier aber segelten einige Dohlen im Aufwind an ihnen vorbei, und ihre Schreie wurden von der gegenüberliegenden Wand des Predigtstuhls zurückgeworfen.

Sie kamen schnell höher, bewältigten den akrobatischen Seilquergang und erreichten die sogenannten Ausstiegsrisse. Darüber hatte Karl fast übersehen, wie sich vom Westen her, hinter ihrem Berg, einige dunkle Wolken zusammengeballt hatten und plötzlich über dem Gipfel standen, wo sie sich nun, einer Theaterbeleuchtung ähnlich, für Bruchteile einer Sekunde von innen erhellten. Nun bemerkte Karl, der sich im Vorstieg befand, die Elektrizität in der Luft. Immer, wenn er einen Karabiner vom Sitzgurt löste, sprang ein Funke über, und als er schließlich einen Standplatz erreichte, seine Selbstsicherung darin einhängte und das restliche Seil einzog, summte es in seinen Händen. Theresa kletterte munter nach und schien von alledem nichts zu bemerken. Als die beiden aber zwei Seillängen später auf den Nordgrat ausstiegen, sahen sie schon den einen oder anderen Blitz einschlagen. Der Nordgrat, der zum Gipfel führte, war nicht mehr schwierig, und Karl trug die Seile aufgeschossen auf dem Rücken. Es war düster geworden und die Blitze kamen näher und dann leuchtete taghell die Umgebung auf. Von Weitem schon hörte

Karl, wie das metallene Gipfelkreuz summte wie eine Trafostation. Also querte er dreißig Meter unterhalb zum sogenannten Herrweg, dem Normalweg, und damit zum Abstieg hinüber, aber er sah erstaunt, wie Theresa das Gipfelkreuz anstrebte. »Nein, nicht! Nicht jetzt!«, rief er ihr zu. Er vermeinte, in ihrem Gesicht etwas wie Unverständnis bemerkt zu haben, und als sie die wenigen Meter zu ihm aufgeschlossen war, fragte sie: »Warum?«

»Hörst du das nicht?« Er wies mit dem Kinn zum Brummen des Kreuzes.

»Ja, schon!«, antwortete sie, ansonsten wies nichts darauf hin, dass sie die Gefahr verstanden hatte.

»Schmorbraten!«, sagte Karl nur und machte sich an den Abstieg. Als sie zwei Stunden später zu ihren Rucksäcken zurückkamen, hatte sie der Regen durchnässt, aber sie machten sich nicht viel daraus, verstauten das Klettergeschirr, die Karabiner und die Seile in ihren Rucksäcken und schulterten sie. Auf der anderen Seite des Ellmauer Tores stiegen sie ab. Das Gewitter hatte sich verzogen und noch einmal blickten sie zurück und sahen auf die Wand, bevor sie hinter dem Pass verschwinden sollte. Da plötzlich boxte Theresa ihm in die Seite. »Schmorbraten!«, sagte sie und lachte. »Schmorbraten! Jetzt verstehe ich.« Was musste diese Frau für Vertrauen in ihn haben!

Als sie nach Hause kamen, lehnte ein altes, rostiges Fahrrad am Gartenzaun. Am Gartentisch saß Otto mit dem Zeus zu seinen Füßen. Er hatte Briefe dabei. Wieder war er zu einer unüblichen Zeit gekommen. Es war, als hätte er nur darauf gewartet, sie beide anzutreffen. Theresa und Karl setzten sich zu ihm an den Gartentisch.

»Und, Otto«, sagte Karl, »erzählst du uns etwas?«

»Was denn?«

»Über … Angelus Korff, zum Beispiel.«

»Ah, der. Ja, der scheint sein Herz für andere Menschen entdeckt zu haben. Sagte ich doch schon, dass ihm die Himalayaluft gutgetan hat!«

»Inwiefern, Otto?«

»Fast jedes Mal, wenn ich seine Post bringe und sie nicht zufällig von seinen Sekretären entgegengenommen wird, sondern von ihm persönlich, gibt er mir eine Spende mit. Einen größeren Betrag. Er sagt immer, dass ich schon wüsste, wer das Geld am meisten bräuchte.«

Theresa war bei diesen Worten wieder ein wenig rot geworden. Als wäre sie bei unrechten Gedanken erwischt worden.

»Vielleicht habe ich mich in Korff getäuscht«, sagte Otto leise, wie zu sich selbst.

»Was bist du für ein Mensch?«, fragte Karl, indem er dieses Mal seinen ganzen Mut zusammennahm. »Manche sagen, du seist ein Prophet. Und viele haben dich erlebt, als du Gedanken gelesen hast. Woher kommt das alles?«

»Das kann ich nicht erklären, Karl. Weil ich es selbst nicht weiß.« Dann beschrieb Otto einen Bogen mit seiner rechten Hand, irgendwelchen Himmeln zu. »Es kommt von außen. Oder von oben. Wie man will. Und es ist auch nicht immer da. Ich habe keine Macht darüber. Und aussuchen kann ich es mir auch nicht. Wenn es da ist, dann kam es von selbst.«

* * *

Ottos Offenbarung, die Karl als glaubwürdig empfand, so wie alles an diesem seltsamen Postboten, führte den Bergsteiger auf seine eigene Fährte. Wer war er? Wer war er wirklich? Er wusste es, wenn er kletterte. Oder glaubte es zu wissen. Er wusste es, wenn er mit Theresa beisammen war. Oder glaubte es zu wissen. Aber wer war er, wenn er allein war? Wenn er auf seinem Bett lag und grübelte und nicht einschlafen konnte und wieder Licht machte und auf die Decke seines Schlafzimmers starrte, auf der sich die seltsamsten Muster formten, Landschaften, Gesichter, Muster, die sich veränderten und doch wieder gleich wurden. Immer öfter fiel ihm jetzt der sympathische Mönch in Namche Bazaar ein, Thubten Tulku. Er erinnerte sich seines Gesichts und unweigerlich fiel ihm die Ähnlichkeit mit Otto auf. Jetzt waren diese beiden Männer fast zehntausend Kilometer voneinander entfernt und in völlig verschiedenen Kulturen aufgewachsen. Und trotzdem sahen sie sich ähnlich wie zwei Brüder.

Damals, als junger Bergsteiger, angezogen mit der Daunenjacke von René Desmaison, dem Geschenk seiner Mutter, hatte er gewusst, wer er war. Doch nicht immer. Karl konnte sich an seine zeitweiligen Zweifel von damals wieder erinnern.

Wie viele Daunenjacken und wie viel *Lafarge Zement* waren denn noch immer – oder schon wieder – nötig, um seinen eigenen – Karls – seelischen Brückenpfeiler zu festigen? Keine Uniform der Welt, fand Karl, würde ihm seine Zweifel für immer nehmen können.

War er der Einzige in der Familie, der zu einem solchen Tantalus werden musste? Oder litt er nur unter Selbstmitleid? Er hätte einiges darum gegeben, dass ihm ein Vater oder eine Mutter jemals über ähnliche Empfindungen erzählt hätte. Warum hatten sie niemals darüber gesprochen? War es ein Kennzeichen dieser Generation?

War es denn wie unter Todesstrafe verboten, ein wenig von seinen eigenen vermeintlichen Schwächen preiszugeben?

Karl musste sich allerdings gestehen, dass er selbst ja auch nicht unbedingt ein Kommunikationswunder war, was die eigenen Gefühle betraf. Je länger er darüber nachdachte, desto mehr Ähnlichkeiten mit seinen Eltern wurden ihm bewusst. Ähnlichkeiten? War es vielleicht nur das Bergsteigen, was ihn von seinen Eltern unterschied? Nein, es musste mehr sein. Mit Theresa wagte er nicht, darüber zu sprechen. Vielleicht hatte er Angst, damit eine Schwachstelle in seiner Verteidigungsanlage offen zu legen. Und schon gar nicht wagte er es, sie seinen Eltern vorzustellen. Denn in ganz jungen Jahren hatte er es einmal gewagt, seine Jugendliebe den Eltern vorzustellen. Die eisige Wand der Ablehnung, die ihm und seinem Mädchen sofort entgegengeschlagen war, hatte Karl nicht vergessen, und er war nicht erpicht auf eine Wiederholung. Nein, nur keine Schwachstelle im Bollwerk darbieten. Daraus konnte sehr leicht eine Bresche entstehen, nur allzu geeignet für das Eindringen jedweden Feindes. Seine erste festere Beziehung war frostig empfangen worden, mit der späteren Rechtfertigung des Vaters, dass deren Mutter schwerhörig sei. Und das sei eben vererblich, wie ein jedermann wusste. Das Gesicht seines Vaters hatte bei diesen Worten jene steinerne, ja anklagende Endgültigkeit angenommen, die Karl ansonsten nur von seinen abweisenden Nordwänden kannte.

Alle diese Nöte und Fragen brachten Karl dazu, doch wieder einmal seine Eltern in Targanz zu besuchen. Seinen Besuch empfand er als Inkonsequenz, und diese Schwäche musste er vor sich selbst auf der Fahrt zu seinen Eltern zugeben. Sie war ein Zeichen einer – seiner eigenen – intellektuellen Unredlichkeit.

Seltsamerweise fiel ihm jetzt eine Maßregel ein, die man ihnen in Gnadenwasser eingetrichtert hatte: Euer Ja sei ein Ja. Und Euer Nein sei ein Nein. Wie wahr dieser Spruch war! So gesehen war diese Zeit nicht umsonst gewesen, und er hätte davon einiges Positives ins Leben mitnehmen können. Aber Karl hatte sich schon immer mit dem Nein schwergetan. Denn immer schon hatte er Angst gehabt, jemandem Schmerz zuzufügen. Und hatte mit diesem Verhalten aber nur noch mehr Schmerz angestellt, dachte er sich.

Aber gleich entschuldigte er sich wieder selbst: Es war ein Pflichtbesuch, so wie ein gehorsamer Sohn eben seine alten Eltern besuchte. *I am a master of excuse,* dachte er sich auf Englisch, weil es ihm auf Deutsch zu schmerzhaft erschien.

Und sie waren alt geworden. Das Haar des Vaters war zwar noch dicht, aber schlohweiß, und Karl ahnte, dass er auf jene Grenze zuging, die einem Menschen nun einmal zugeteilt ist.

Der Vater saß am Tisch der Küche, hinter dem Esstisch. Karl fühlte, dass er auf etwas wartete. Und er fühlte, dass der Vater über etwas nachdachte. Es war immer seine Art gewesen, lange nachzudenken, bevor er etwas sagte. Bald sollte er es erfahren. Der Vater wartete, bis die Mutter die Wohnung verlassen hatte, um Einkäufe zu erledigen. Erst nachdem sich der Vater ihm offenbart hatte, Tage, ja Wochen, vielleicht Monate später begriff Karl, dass sein Vater immer gewartet hatte mit seinen Offenbarungen, ja, in diesem Falle sogar Bekenntnissen, oder *Confessiones,* wie man in Gnadenwasser gelehrt hatte, bis er mit Karl allein war. Und nach langem Nachdenken fiel Karl ein, dass es die Mutter genauso gehalten hatte. Immer nur hatte sie Karl etwas Wichtiges erzählt, wenn der Vater nicht anwesend war.

Die Geschichten seiner Bücher fielen ihm ein, die von Fernweh berichteten, Kon Tiki und Robinson Crusoe, und die Widmungen darin, deren Handschrift zweifelsfrei von der Mutter stammte. Hatte der Vater überhaupt von den Büchern gewusst? Und dann, das fiel ihm erst jetzt ein, der Gang mit seiner Mutter in das berühmte Sportgeschäft Witting in der Landeshauptstadt, in dem sie ihm jene heiß ersehnte teure Daunenjacke geschenkt hatte. Auch davon hatte der Vater nichts mitbekommen. Die Daunenjacke war hellblau und unter dem Namen *René Desmaison* fabriziert worden.

Desmaison gehörte damals zu den leuchtenden Idolen Karls und wohl auch aller anderen jungen Bergsteiger. Er hatte an den Grandes Jorasses eine unmögliche Zeit von vierzehn Biwaknächten überlebt, zusammen mit seinem Kletterpartner, wohl etwas geborgen in einem Schneeloch, mit Winterjacken und einem Biwaksack ausgerüstet (nicht so wie damals Gregor und Karl ohne all das in der Brenta), aber doch im furchtbarsten Sturm und bei eisigen Verhältnissen. Wenige Stunden bevor Desmaison von der Bergrettung geborgen wurde, war sein Partner gestorben. Drei Jahre vorher hatte Desmaison an acht eiskalten Wintertagen das sogenannte *linceul*, das *Leichentuch*, ein steiles Eisfeld am selben mächtigen Pfeiler der Grandes Jorasses, als Erster durchstiegen.

Die hellblaue Daunenjacke mit dem Unterschriftenzug von René Desmaison an der linken Brust trug Karl, sobald die kalte Jahreszeit angebrochen war. Im Grunde genommen war die Jacke nutzlos, denn zum Klettern war sie zu voluminös und im täglichen Umgang in den Alpen war sie nicht nötig, weil zu warm und für Alaska oder den Himalaya gedacht. Aber trotzdem trug er sie mit einem gewissen Stolz, einem hochdekorierten Frontsoldaten ähnlich, denn Karl empfand die Jacke mit dem Schriftzug des Idols auch als seltene Anerkennung der Mutter für Karl, den Bergsteiger. Am liebsten hätte er die Jacke mit ins Bett genommen. Er war seiner Mutter noch jahrelang dankbar dafür, dass sie ihm ohne großes Federlesen diese Jacke gekauft hatte.

Vielleicht war das alles aus einer Auflehnung entstanden, einer Auflehnung der Mutter gegen die Macht des Vaters? Es war jedenfalls bei dieser ihrer einzigartigen Auflehnung oder Verteidigung Karls geblieben.

So sollte es lange dauern, bis Karl begriff, dass er immer zwischen den beiden gewesen war, als Verbindungsmann, als Vermittler, als hilfloser und ratloser und hin und her getriebener Vermittler, einmal in diesem Lager, einmal in jenem, in der kalten Einsamkeit eines Spions oder Doppelagenten und zugleich ein Freiheitskämpfer, als Kind schon, schon lange vor Gnadenwasser. Lange, lange vor Gnadenwasser war er schon zwischen den beiden gestanden, gestellt worden, hilflos, machtlos, darüber geknechtet mit einem lebenslangen schlechten Gewissen, gepeinigt von ebensolcher Bindungsangst.

Gnadenwasser war nur so etwas wie Zement gewesen, der den schon lange vorhandenen, vorgefertigten Mörtel gefestigt hatte. Ein Beschleuniger. *Lafarge Zement,* wie man aus der Baukunde wusste, ein besonderer Zement, ein teurer Spezialzement, der – nicht wie normaler Zement – Wochen benötigte, um den Beton endgültig auszuhärten, sondern innerhalb weniger Stunden die weiche Masse verfestigte. Aber auch ein Zement, dachte sich Karl tröstlich, der bei Gefahr innerhalb kürzester Zeit eine Brücke, einen Pfeiler, ein Bauwerk – sein Bauwerk, seinen Brückenpfeiler – vor dem vernichtenden Einsturz bewahren konnte.

Endlich fing der Vater zu erzählen an. Eigentlich war es mehr eine Reihe von Feststellungen denn eine Erzählung, aber am Ende der Ausführungen sollte Karl stolz auf seinen Vater sein, vielleicht zum ersten Mal in seinem Leben.

Um wie viel besser die heutige Jugend sein dürfe, begann der über Achtzigjährige, um wie viel ehrlicher als sie selber es damals gewesen waren. Sein hatten können. Wie sie sich verstellen mussten, wenn sie zu ihren Mädchen gingen. Wie sie lügen mussten, um sich zu rechtfertigen. Alles sei eine Lüge gewesen, sagte der alte Mann, wohlweislich in Abwesenheit seiner um vieles jüngeren Gefährtin, die ständig von der guten alten Zeit redete. Um sein Mädchen heiraten zu dürfen, habe man sie sogar schwängern müssen, gestand er. Und Karl verstand jetzt auch das Warum seiner frühen Geburt nach der Hochzeit und die mancher Verwandten.

Aber das war ihm alles nicht wichtig. Wichtig war ihm die Offenheit seines Vaters gewesen. Sie hat ihn, Karl, stolz gemacht. Stolz auf seinen Vater. Vielleicht, nein, ganz sicher zum ersten Mal in seinem Leben.

Als er sich verabschiedet hatte und zu seinem Wagen ging, fiel ihm die Geschichte mit Anita wieder ein. Sie war das Mädchen gewesen, das er damals seinen Eltern vorzustellen gewagt hatte, und er dachte daran, wie ihm, ihnen beiden, sofort ein kalter Hauch entgegengeweht war, schmerzhafter als die stechenden Eiskristalle in der Schwarzen Wand. Denn die Mutter von Anita war schwerhörig gewesen, wie jeder im Dorf wusste. Und Schwerhörigkeit war vererbbar. *Vererbbar.* Was für eine Angst musste in dieser Generation stecken?

Und wie viel von dieser Angst hatte er, Karl, obwohl er damals schon ein respektabler Kletterer war, mit sich nehmen, mit sich tragen müssen?

Als er nach Hause kam, war wieder einmal Otto da. Und wieder saß er im Vorgarten, wieder zusammen mit Zeus.

Im ersten Stock sah Karl die Silhouette Theresas durch das geöffnete Fenster. Dann blickte Karl in das altvertraute Gesicht des Postboten und das Gesicht von Thubten Tulku war ihm wieder vor Augen. Otto blickte regungslos zurück.

»Solltest du eigentlich nicht schon lange pensioniert sein?«, fragte Karl etwas despektierlich.

Otto lächelte. Nachsichtig, wie es Karl schien. Und auch etwas belustigt, vielleicht über Karls Begriffsstutzigkeit: »Da wo ich arbeite, da geht man nicht in Pension!«

* * *

Karl und Gregor kletterten in den Wismutbergen, schneeweißen Felsen im fernen Amberland. Sie kletterten in Seilschaft die Felsen hinauf und seilten sich wieder ab. Etwa vierhundert Meter waren die Felsen hoch. Mit einem Male kam Gregor die Idee, unbedingt allein klettern zu wollen, jeder für sich sollten sie eine schwierige Route klettern. Karl hatte gar nicht die Möglichkeit, dagegen Einspruch zu erheben, denn Gregor war schon losgeklettert. Etwa dreißig Meter links von Karl kletterte er die kleingriffige weiße Wand höher, und auch Karl bemühte sich, seine eigene Route in den Griff zu bekommen. Ganz unten am Wandfuß stand Theresa. Sie wartete und schien eher teilnahmslos bis gleichgültig. Gregor stand jetzt an einer Schlüsselstelle. Da, plötzlich sah Karl, wie er sich, einem Skispringer ähnlich, von der Wand abstieß, hinaus in die Luft und in den freien Fall. Karl drehte seinen Kopf weg, seinen eigenen Schwierigkeiten zu. Denn er wollte den Sturz nicht mit ansehen, und vor allem wollte er das furchtbare Geräusch des Aufschlagens von Gregors Körper nicht hören. Er hätte dann seine eigene Route niemals mehr meistern können.

Der ganze Berg, die gesamte Wand war jetzt von innen beleuchtet wie eine Lampe, aber sie war senkrecht und die Griffe und Tritte wurden seltsam kleiner und abschüssiger, und das Licht nahm sehr schnell ab und schon drohte die baldige Dunkelheit. Er konnte die Griffe und die Tritte kaum mehr erkennen. Karl gelang es, einige Meter höher zu kommen, er musste aber wieder zurück, schaffte es doch wieder höher, während es immer dunkler wurde und er nicht mehr nach unten schauen durfte, wo die Leiche Gregors lag, grotesk verrenkt und verwickelt in einem roten Trainingsanzug. Karl wusste jetzt, dass er nicht mehr weiterkam, auch nicht mehr zurück, zurück ins Leben, zurück zu Theresa, die immer noch unten stand, und fand sich endlich, knapp vor dem Absturz, in ihren Armen wieder.

»Du hast im Schlaf geschrien!«, sagte sie. »Dann hast du versucht, mich zu schlagen. Hast du schlecht geträumt?«

»Ja«, sagte Karl. »Wie so oft.« Dann überlegte er und sagte: »Wie immer. Es war, als ob mich Gregor holen wollte.«

»Du solltest nicht mehr an ihn denken!«

»Wie sollte ich nicht mehr an ihn denken? Wie, wie, wie?«

Theresa beschrieb ihm Tage später, er hätte bei diesen Worten weiße Augen bekommen, als er sie anstarrte, und sie hätte sich zum ersten Mal vor ihm gefürchtet.

Aber jetzt sagte sie: »Er wollte dich holen!«

»Mich holen? Glaubst du? Was soll das heißen?«

»Du hast ihn evoziert. Durch deine Suggestion. Im Traum. Da wollte er dich holen.«

Karl schüttelte ungläubig den Kopf.

Er lag unbewegt auf dem Rücken, starrte auf die Decke und versuchte, die Bilder des Traums wieder loszuwerden. Es war mitten in der Nacht. Dann stand er auf und ging ins Bad. Er hörte wie abwesend das Knacken der Verpackung des Schlafmittels. Er spülte es mit einem Rest von Rotwein hinunter. Nur wieder einschlafen. Ohne Angst vor dem nächsten Albtraum. Nicht auf den Schlaf vergebens warten – aus Angst vor ihm. Sondern gefällt werden wie ein Baum. Die Nacht war sein Feind geworden. Und die Dunkelheit.

* * *

Auf einmal war der Tag da, der für Karl schon immer das Ende des Sommers angekündigt hatte. Es war der fünfzehnte August oder Maria Himmelfahrt, in Tirol auch Hoher Frauentag genannt und dort nicht nur einer der höchsten kirchlichen Feiertage, sondern sogar Landesfeiertag. Diese besondere Bedeutung geht auf die dritte Bergiselschlacht am fünfzehnten August 1809 zurück. An diesem Tag hatten die Tiroler die überwältigende Übermacht der Franzosen vernichtend geschlagen. Für Karl war dieser Feiertag auch deshalb etwas Besonderes, weil er seit Jahren glaubte, an diesem Tag zum ersten Mal den Herbst zu riechen. An diesem Tag war die Luft anders. Und das Licht. Deshalb wanderte Karl an den steilen Hängen der Nordkette höher, bis er ein Plätzchen fand, an dem er sich auf seinen Rucksack setzen konnte, um zum Patscherkofel hinüberzublicken, an dem er vermeinte, jeden einzelnen Baum sehen zu können, so klar war auf einmal die Luft. Er war allein, denn heute wollte er allein sein. Ein Einzelgänger, der darauf wartete, dass ihm der milde Herbstwind durch die Ohren blies und die Register in seinem Gehirn wieder ordnete.

Er kehrte erst nach Hause zurück, als es schon dunkel wurde. Theresa hatte das Abendessen bereitet, und Karl freute sich darüber und glaubte auch, ihr diese Freude zu zeigen. Denn auch in dieser Hinsicht war er nie verwöhnt worden. Ansonsten verlief der Abend eher schweigsam.

Es war lange nach Mitternacht, als sie erschöpft im Bett lagen.

»Was denkst du?«, fragte Theresa. Das war sie, die Frage aller Fragen. Warum nur mussten die Frauen *danach* immer solche Fragen stellen? Als könnte man nicht einfach nur zufrieden sein, vielleicht sogar glücklich, und müsste nicht schon wieder reden.

Karl antwortete nicht. Auch Theresa schwieg eine ganze Weile. Dann sagte sie ohne Vorwarnung: »Es ist etwas in mir, Karl, das ich dir verschwiegen habe. Es ist einsam und so schwer, dass es mir manchmal die Luft zum Atmen nimmt. Wenn es ganz schlimm ist, dann wird es dunkel um mich. Und kalt. Sehr kalt. Immer, wenn ich allein bin, geschieht das. Dann klappere ich mit den Zähnen, so kalt ist mir.«

Karl drückte sie an sich. Hilflos. Sprachlos.

»Es wäre schön, Kinder zu haben. Eine Familie zu gründen«, setzte sie unvermittelt nach.

»Familie ist ein Eingriff ins Privatleben«, fiel Karl ganz unpassend ein sarkastischer Spruch von Karl Kraus ein, vor sehr langer Zeit getan, und er musste bei diesem Gedanken halblaut auflachen, ohne es zu wollen. So wie ein Mensch am Grab eines engen Freundes ein Lachanfall überkommt, aus der Groteske und der Sprachlosigkeit heraus.

»Was ist daran so lustig?«, fragte Theresa.

«Ach, nichts. War nur so ein Gedanke!«

»Gedanke? Ich weiß nicht, was du denkst.« Sie machte wieder eine lange Pause.

»Ich weiß nicht, wer du bist, Karl. Ein Bergsteiger, ja! Jemand, der nie da ist. Und von dem man nie weiß, wann er heimkommt. Und ob er überhaupt heimkommt.«

Karl antwortete nicht. Was hätte er antworten sollen? Dass er selbst nicht wusste, wer er wirklich war? Wo er hingehörte?

»Warum bleibst du nicht hier? Du suchst doch auch nach einem Plätzchen, an dem du deine Bergschuhe für immer hinhängen kannst!« Sie machte eine kleine Pause, als wollte sie die Poesie des letzten Satzes zur Wirkung kommen lassen. »Ich jedenfalls möchte die Wärme einer Familie verspüren. Und du auch, das weiß ich!«

»Ja, ja und wieder ja!«, schrie es in Karl. »Ich auch, ich auch, ich auch!« Und doch war da auf einmal wieder etwas in ihm, das ihm nur allzu bekannt war, wie ein ungewollter Gast aus der Vergangenheit, aus dem Permafrost. Ein Bote aus einem fernen Sibirien, den man nicht mehr loswird. *Das gefrorene Kind.*

Er schwieg, weil er nicht anders konnte.

Eine Ewigkeit später stand er wieder auf, weil er nicht einschlafen konnte, hörte das vertraute Knacken beim Herauslösen der Schlaftablette und spülte sie mit einigen kräftigen Schlucken aus der Rotweinflasche hinunter, die noch immer auf dem Küchentisch stand. Dann kam er zurück zu Theresa und schmiegte sich vertrauensvoll an sie. Sie zeigte mit keiner Rührung, ob sie schlief oder noch wach war. Karl schlief sehr schnell ein. Er schlief bis in den späten Vormittag hinein. Aber als er beim Aufwachen neben sich griff, war der Platz leer. Wie um der Wahrheit nicht ins Auge sehen zu müssen, drehte er sich wieder um und schlief bis zum Mittag weiter. Als er, noch immer etwas benommen, in die Küche wankte, fand er nur ein großes weißes Blatt Papier auf dem Tisch: »Danke für alles, Karl«, stand da in riesiger Handschrift und fast über den Rand hinaus geschrieben, »aber ich muss mich retten.« Nichts in der Wohnung wies darauf hin, dass Theresa jemals hier gewesen war.

* * *

In der darauffolgenden Nacht schreckte Karl trotz eingenommener Schlaftablette hoch und stellte fest, dass er schweißgebadet war: Die zwei Eisbären waren noch ganz nah. Sie verfolgten zwei Surfer im Nordmeer. Bevor sie sie fressen konnten, tauchten sie in der Kirche von Gnadenwasser auf, in der gerade eine Messe gelesen wurde. Der Gesichtsausdruck der Bären war gleichmütig. Fast blickten sie wie Philosophen nach innen und zugleich in weite Ferne. Sie hatten Hunger und taten Karl leid, jedoch bestand kein Zweifel an ihren bösen Absichten. Mit Fußtritten versuchte Karl sie abzuwehren, auch gelang es ihm in letzter Sekunde, die schwere Türe der Kirche zu schließen, doch würde dies wenig helfen. In der von Menschen überfüllten Kirche versuchte Karl die Predigt des Pfarrers zu übertönen, indem er nach einem Jäger rief, indes war es den Bären schon gelungen, die Türen zu öffnen.

Karl saß nach diesem Traum ein wenig zittrig am Küchentisch. Da hörte er ein Klopfen an die Wohnungstür. Das konnte nur Theresa sein. Als Karl die Türe öffnete, war niemand da. Er ging durch den Hausgang zur Treppe. Auch da war niemand.

Es war das erste Mal, dass er dieses Klopfen hörte, und es war ein Klopfen, das sich in den nächsten Wochen jede Nacht wiederholen sollte, wenn Karl allein zu Hause war. Dann fing er an, ein kleines zusätzliches Stück einer neuen Schlaftablette abzubeißen, um wieder einschlafen zu können. Und Karl, *the master of excuse,* wie er sich selbst insgeheim immer öfter nannte, fand auch umgehend eine Entschuldigung für sein Handeln, wie alle anderen, die sich von Zeit zu Zeit ins Niemandsland begaben: Hatten nicht fast alle seine großen Vorbilder im Bergsteigen dem Pervitin vertraut, zumindest bei ihren Gipfelgängen? Diese Aufputschdroge, dem Ecstasy sehr ähnlich, hatte dem Hermann Buhl, dem Herbert Tichy, dem Maurice Herzog, dem Louis Lachenal bei ihren Gipfelgängen geholfen, und wer wusste schon, wer von seinen Bergsteigerkollegen dasselbe getan hatte und vielleicht noch immer tat, aber darüber verschämt schwieg? Was war also das Problem mit diesen harmlosen Schlaftabletten?

Dann musste er umgehend an Peter denken, seinen Gefährten von der Schwarzen Wand. Er hatte Karl erzählt, dass er in den Krisenjahren seines Lebens getrunken hatte. Und geraucht. Jeden Tag eine Flasche Schnaps und dazu achtzig Zigaretten! Und war davon losgekommen. Weil wir Bergsteiger einen starken Willen haben, dachte sich Karl tröstlich. Einen stärkeren Willen als die meisten anderen Menschen.

Worin sich Karl aber belog, wieder belog, war die Wahrscheinlichkeit, dass Bergsteiger schon viel länger zurückreichende und tiefere Kerben als normale Menschen hatten. Und deshalb – größere Verletzungen riefen nach stärkeren Drogen – Bergsteiger geworden waren. Sonst wären aus ihnen Fußballspieler oder Surfer geworden. »Nein, doch nicht«, sagte sich Karl gleich, als er an seinen letzten Traum dachte. »Nicht Surfer. Die werden nämlich von Eisbären gefressen.« Bei diesem Gedanken musste er nun doch lächeln.

Er trat vor die Türe und in den Garten. Er blickte nach Westen, und er sah die Venus am niedrigen Himmelrand schwimmen. Da läutete das Telefon im Haus. Er ging zurück und hob den Hörer zum Ohr. Er wartete und er schwieg. Da hörte er ein kurzes, entferntes Lachen.

»Sie ist zu dir zurückgekehrt!«, sagte Karl.

»Ja!«, antwortete Korff. »Sie ist in Sicherheit. Du wirst sie in deinem Wahnsinn nicht mehr verunsichern können!«

* * *

Wie immer, wenn bei Karl etwas nicht im Lot war – und das war er gewohnt, denn im Laufe seines Lebens hatte sich darin eine gewisse Regelmäßigkeit breit gemacht –, trat er die Flucht nach vorne an. Aber erst nachdem er seinen tagelangen Grübeleien und seiner damit verbundenen Bewegungslosigkeit entkommen war.

Also hatte er einen Flug nach Nepal gebucht. Er hatte wenig Gepäck dabei, denn die Steigeisen, die Eisgeräte, das Klettergeschirr und die Seile blieben dort, wo sie seiner Meinung nach jetzt hingehörten, in der Tiefe seines Ausrüstungsschranks. Gleich mit dem Besteigen des Flughafentaxis überfiel ihn wieder die lähmende Einsamkeit und sollte ihn bis zur Ankunft in Kathmandu, wo ihn seine Sherpafreunde abholten, nicht mehr loslassen. Halb betäubt wartete er in einer riesigen Halle des Münchner Flughafens auf den Abflug.

Eine Gruppe Amerikaner schlenderte vorbei, eine Frau aus der Gruppe kam auf ihn zu und fragte, Begeisterung in der Stimme: »Don't I know you from somewhere?«, und er antwortete: »I hope not!«

Zwei Männer, der eine vielleicht fünfzig, der andere etwas jünger, eilten Hände haltend durch die Halle. Karl hörte sie lachen und den jüngeren sagen: »Wenn uns Martha jetzt so sehen könnte!«, und Karl dachte wieder an Theresa, an die Reise, er blickte auf die Uhr, lehnte sich ein wenig zurück, die Geräusche der Halle waren wie die Brandung des Meeres. »Komisch, dass du die Frau eines Reichen bist, wo du so viel Verständnis ausstrahlst. Freilich wäre es schön, wenn auch ein Reicher verständnisvoll wäre, dies zur Beruhigung. Und ich kann dir nur die Wismutberge anbieten, die du ja schon kennst. Im Amberland. Aber dieses Mal ohne einen Absturz. Und ganz hell erleuchtet. Die kann man nicht kaufen. Für kein Geld der Welt. Die kann ich dir zu Füßen legen.«

Karl erwachte durch ein sanftes Rütteln an seiner Schulter. »Herr Platz«, Karl schüttelte den Kopf. »Herr Platz, bitte zum Gate Nummer zwei, Herr Platz bitte ...«

Gemeinsam mit Nima Dorjee und Pasang Sherpa wanderte Karl über die vorerst niedrigen Pässe des Himalaya-Vorgebirges den großen Bergen entgegen, und damit den Orten seiner Erinnerung. Das Steigen fiel ihm leicht, denn es stand dieses Mal nichts im Hintergrund – keine dunkle Wand, kein hoher Berg, der, wenn auch noch so versteckt, die geheimsten Labyrinthe seiner Bergsteigerseele beschweren konnte. In Namche Bazaar kehrten sie wieder ein, so wie damals, im Abstieg von der Schwarzen Wand, mit Theresa. Doch dieses Mal war kein Thubten Tulku da, und Karl wagte nicht, nach dem Mönch zu fragen. Es war jetzt Anfang Oktober und es blühten keine Rhododendren wie damals, aber die Tage waren klar und der Duft der Kräuter schien Karl stärker zu sein als je. Karl rauchte immer noch, zwar nur eine oder zwei Zigaretten am Tag, aber aus Rücksicht auf Ang Phurbas Asthma trat er vor die Türe der Lodge auf den breiten Weg, an dem damals Thubten Tulku auf und ab wandernd seinen Rosenkranz gebetet hatte, während Theresa im ersten Stock friedlich geschlafen hatte, zusammen mit Karl.

Es war dunkel geworden. Karl fragte die Wirtin schließlich doch, wie es Thubten Tulku gehe. Sie schien ihn nicht zu hören. Also fragte Karl noch zwei Mal nach, weil er glaubte, dass ihn Ang Phurba nicht verstanden hätte, nicht ahnend, dass man sich bei den Sherpas niemals nach Verstorbenen erkundigen soll. Endlich bekam er eine Antwort, und sie klang wie eine versteckte Botschaft, leise und gemurmelt: »He passed away last year.«

Sie brachen am nächsten Morgen auf und schlenderten auf dem folgenden Höhenweg, der, sanft ansteigend um den hügeligen Vorberg des Khumbi Yul Lha, dem heiligsten Berg der Sherpas, herumführte, stiegen dann einige hundert Meter ab, querten den Wildbach über eine kleine Hängebrücke und stiegen wieder aufwärts, dem berühmten Kloster von Tengpoche entgegen. Auf und ab, immer auf und ab, dachte sich Karl. Wie im richtigen Leben. Mittags kamen sie im Kloster an und tranken Tee und aßen Rara – Nudelsuppe dazu. Am späten Nachmittag erreichten sie Dingpoche, ein kleines Sherpadorf, an dem sich die Wege verzweigten.

Karl wusste, dass seine beiden jungen Gefährten, lebenslustig wie alle ihre Stammesbrüder, lieber in dieser letzten Ortschaft bleiben würden, und gab ihnen für die nächsten zwei Tage frei. Hier hatten die beiden einige Verwandte, wie sie sagten, und Karl ahnte, was sie unter Verwandtschaft verstanden, und spendierte ihnen einige große Krüge von Tschang und, zur Sicherheit, noch eine Flasche Kukhri Rum dazu. Karl wusste, wie man sich bei diesen treuen Menschen beliebt machen konnte, und schämte sich keinesfalls dafür. Denn es war ehrlich gemeint und keine Anbiederung. Er ging allein weiter und würde am nächsten Abend wieder zurück sein. Sein Rucksack war ja nur mehr ganz klein und leicht und enthielt außer einigen Kraftschnitten und Trinkwasser nur seine Isoliermatte und den Schlafsack.

Als er einige Stunden später die kleine Almsiedlung Chukhung erreicht hatte, fand er sie unverändert zum letzten Mal vor. Nur drei winzige Hütten standen da, das aufgehende Mauerwerk aus Bruchstein war mit Holzschindeln gedeckt, durch deren Ritzen der Rauch der Feuer waberte. Man hatte keine Kamine, der bösen Geister wegen, die durch sie ins Haus dringen hätten können.

Karl betrat eine der Hütten und musste seinen Kopf tief einziehen, weil die grob gehackte Holztüre winzig war. Er setzte sich zum Feuer. Er fragte nach Tee. Eine junge Frau schenkte ihm in eine blecherne Trinkschale mit verziertem Rand ein. Es war Milchtee mit Yakbutter, dessen Geruch Karl sehr bekannt war und ihn daran erinnerte, dass man hier, in dieser abgeschiedenen Gegend, noch kein Ablaufdatum für die Butter kannte. Außer der jungen Frau war noch ein kleines Kind am Feuer. Es war nicht älter als fünf Jahre und trug nichts als ein knielanges Hemd, aber keine Hosen und keine Schuhe. Man war hier auf viertausendachthundert Metern und draußen trieb der starke Wind die Schneeflocken waagerecht vor sich her. Davon konnte sich Karl gleich überzeugen, weil er das Grunzen einiger Yaks vor der Türe hörte, die offensichtlich auch in die gute Stube wollten. Als die Mutter zum Buben etwas sagte, machte der die Türe auf und lief in das eiskalte Gestöber hinaus, barfuß und halb nackt, wie er war. So wie es Karl schon oft erlebt hatte, blieb die Türe auch dieses Mal offen, und er konnte beobachten, wie der Bub zwei oder drei kleinere Steine aufnahm und sie auf die Yaks warf. Kein Wurf ging daneben, obwohl einige Tiere sicherlich fünfzehn Meter entfernt waren. Sie stoben davon. Dann kam der Bub wieder herein, hockte sich neben Karl auf einen winzigen Holzschemel, die bloßen Füßchen auf dem eiskalten Erdboden, zog einige Male durch die Nase hinauf und erhielt einige Bemerkungen der Anerkennung von seiner Mutter.

Karl, der in seinem Bekannten- und Freundeskreis immer als besonders kälteunempfindlich gegolten hatte und deshalb bei manchen von ihnen den Beinamen »der Eisbär« führte, saß in seiner René Desmaison Daunenjacke frierend daneben, während der Schneewind durch sämtliche Lücken und Ritzen der Steinmauern pfiff. Er hatte die Jacke eigens für diese Tour zu Hause aus den Tiefen einer Truhe gekramt, der Erinnerungen wegen. Sie roch ein wenig nach Mottenkugeln und die Daunenfüllung war etwas klumpig geworden, dadurch waren wohl einige sogenannte Kältebrücken entstanden, was nach so vielen Jahren des Gebrauchs ganz normal war. Aber es war trotz allem immer noch eine Daunenjacke, seine Daunenjacke, und Karl trug eine lange Hose und feste Schuhe und dicke Socken, während der Bub neben ihm im bloßen Hemd auf dem kleinen Hocker saß.

Schon bei Karls Ankunft hatte die junge Frau eine große Kasserole aus billigem Aluminium auf das Feuer gestellt, randvoll gefüllt mit den kleinen Kartoffeln und, sorgfältig abgemessen, dem Wasser aus einem Bach, das der Bub in einem Kanister mit sicherlich zehn Litern Fassungsvermögen abgefüllt und mithilfe des *namlo*, des Kopftragegurtes, in die Hütte geschleppt hatte. Nun gab es für die drei ein typisches Sherpaessen: *alu, nun, forsani* – Kartoffel in der Schale, Salz und Chili. Die junge Frau und das Kind lachten, weil Karl die Kartoffeln samt der Schale aß, so wie er es auch zu Hause machte. Sie selbst aber schälten die Kartoffeln und warfen die Schalen in einen in der Mitte auseinandergeschnittenen Plastikkanister. Die beiden aßen mindestens das Doppelte von Karl, wie er feststellte, als er schon lange den Bauch voll hatte. Es waren die besten Kartoffeln der Welt, fand Karl. Sie waren auf der Höhe des Mont Blanc gereift und ganz klein und sie hatten einen nussigen Geschmack. Die Reifezeit für diese Kartoffeln betrug neun Monate, wie die Frau erklärte. Später trug sie die Schalen hinaus zu den Yaks, vermischt mit wenigen anderen Essensresten, einigen schrumpeligen Kartoffeln und ein wenig Buttertee und Waschwasser. Karl hörte die Yaks schmatzen und vor Vergnügen grunzen. Hier herinnen gloste das Feuer aus ihrem Dung, den man auf den kargen Weiden in geflochtenen Körben gesammelt und an den Mauern der Häuser getrocknet hatte.

Später fragte Karl die Mutter des Kleinen, wo denn der Vater geblieben war. Er sei am Chomolungma umgekommen, sagte die junge Frau, den nepalesischen Namen des Mount Everest benutzend. Als *Climbing Sherpa* sei er umgekommen und nichts von ihm mehr zurückgekehrt. Jetzt war sie allein mit ihrem Kind.

Als Karl nach einiger Zeit vor die Hütte trat, um die Venus zu suchen, hatte der Himmel aufgeklart. Er konnte den Stern nicht finden und war sich nicht mehr sicher, wo er suchen sollte. Vielleicht waren die Berge um ihn zu hoch und verdeckten einen großen Teil des Firmaments. Vielleicht auch wollte er gar nicht lange danach suchen. Er blickte um sich, in diese gigantischen Mauern hinein, und mit einem Male waren ihm alle diese Berge, so berühmt sie auch sein mochten, einerlei. Zum ersten Mal in seinem Leben waren ihm diese Berge gleichgültig. Karl wusste, dass dieser Abend einen Wendepunkt in seinem Leben bedeutete.

* * *

Eine Winternacht in Rovaniemi. Wäre Karl wach gelegen, hätte ihm dieser Traum gezeigt, dass er wieder zu Hause war, dass ihn die Vergangenheit seines Vaters und seine eigene und die Abwesenheit Theresas schon wieder eingeholt hatte. Draußen Blitze und Elmsfeuer. Ein Bärtiger, der Karl aufforderte, ihm zu folgen. Er stünde mit den Geistern der Luft in höherem Einvernehmen, denn jedes Mal, wenn es blitze, könne er durch die Glaswände von Häusern fahren. Und da fuhr er schon mit großem Geschrei und Geklirre samt Rentieren und Schlitten durch das Glas der Hotelhalle, und Karl musste ihm schnell folgen, hinaus in die Winternacht, schnell mit einem tollkühnen Hechtsprung ihm nach, bevor sich die Glasfront wieder mit einem Klirren verschloss. Hinaus in die Nacht, nur von gelegentlichen Blitzen erhellt, und jedes Mal, wenn es blitzte, musste er dem Bärtigen folgen, durch die Glaswand eines neuen Hotels. Immer auf der Suche nach Theresa. Aber er fand sie nicht. Karl war von tiefer Trauer erfüllt. Was hätte er anders machen sollen? Was besser? So lag er regungslos in seinem Bett.

Da hörte er Theresas Schritte auf dem Gang. Gleich darauf ein leichtes Klopfen an die Tür. Erleichtert stand Karl auf, um sie zu öffnen. Aber er starrte nur in das leere Dunkel des Ganges. Er ging bis zur Haustüre. Öffnete sie. Kein Wagen stand am Gehsteigrand. In der Ferne heulte eine Sirene.

Er ging wieder zurück in sein Zimmer, kleidete sich vollständig an und verließ das Haus, wie er gekommen war, durch den Haupteingang, lauschte kurz dem Knarren des rostigen Gartentores, bevor er es hinter sich verschloss. Er folgte den breiten, mit Laubbäumen bestandenen Gehwegen, bis sie sich im Gewirr der Altstadtgassen verloren. Dann trat er in die nächste Bar, in deren schummrigem Licht er hoffte, nicht erkannt zu werden, und bestellte ein Glas Wein.

Gleich dem Wellenschlag des Stimmengemurmels ließ er es auf sich einwirken. Was er roch, schmeckte, hörte, musste so etwas wie Heimat sein.

Er war ein wortkarger Gast, auf die Frage des Kellners nach einem weiteren Glas immer nur nickend, und als er ins Freie trat und die Gassen zu seinem Haus zurückspazierte, war ihm, als müsste er tausend Arme haben, um alles einzufangen, was ihn umgab: das Mondlicht auf den Matten der Berge, über deren Gras er jetzt barfuß wandeln, deren Erde er riechen, in sich aufnehmen, davon essen, mit ihr eins werden wollte. Er öffnete das Gartentor und behielt die Falle noch in der Hand. Dort stand es also, das Haus. Sein Haus. Zwischen Daumen und Zeigefinger zwickte er in das Hautgewebe des Handrückens, der das Tor hielt. Kein Zweifel, er war da und war wirklich. Genauso wirklich, wie diese Haut in unbestimmter und doch limitierter Zeit vermodern und verfaulen würde. Und dann, wieder in der Küche, das Knacken der Tabletten. Um sie zu schlucken, brauchte er kein Glas. Er trank direkt aus der Flasche.

Am nächsten Morgen fühlte sich Karl wider Erwarten ausgeschlafen und aufgeräumt. Manchmal konnte ein solcher Rausch auch etwas Gutes haben, fand er, und blickte auf die Straße, auf der ein milder Wind die ersten Blätter lustig vor sich hertrieb. Da kam auch schon Otto auf seinem rostigen Fahrrad um die Ecke. Er schien heute etwas wackelig, wie Karl fand. War Otto alt geworden? Karl konnte ihn nicht einschätzen. Aber er beschloss, ihn einfach einmal zu fragen.

Otto brachte einen ganzen Stapel Post, die er treuhändisch für Karl aufbewahrt hatte, auch wenn das gegen das Postgesetz war, wie er Karl gleich erzählte. Otto setzte sich an den Küchentisch, und Zeus legte sich vor den Kühlschrank, in freudiger Erwartung, die dann auch nicht enttäuscht wurde.

»Wie alt bist du eigentlich?«, fragte Karl, während er Otto eine Tasse Kaffee und einige Kekse hinstellte.

»Ganz genau weiß ich es selbst nicht«, antwortete Otto ausweichend. »Da wo ich herkomme, da hatte man damals noch keine Geburtsurkunden!« Er tunkte ein Keks nach dem anderen in den Kaffee und ließ es auf der Zunge zergehen.

»Aber wir könnten einmal hinfahren und den Bürgermeister danach fragen!«, sagte Otto.

»Und wo, bitte sehr, wäre das?«, fragte Karl, neugierig geworden. »Das ist weit weg. Ganz weit weg! Das schaffen wir mit dem Fahrrad nicht. Und Zeus ist auch zu alt dafür!«

Er hatte die Kekse aufgegessen und den Kaffee ausgetrunken. Jetzt stand er auf und ließ einen prüfenden Blick durch den Raum schweifen.

»Stimmt was nicht, Otto?«, fragte Karl belustigt.

»Weiß nicht«, sagte Otto. Er ging zur nächsten Wand und drückte mit dem Daumen dagegen. Und bei der nächsten Wand und bei der übernächsten. Genauso wie damals, dachte Karl. »Aber das Haus steht noch!«, sagte Karl.

»Jaja,« sagte Otto. Dann kratzte er sich am Hinterkopf und schien es sich anders zu überlegen. »Aber ich weiß nicht«, sagte er dann.

»Was weißt du nicht?«, fragte Karl.

»Ich traue der Sache nicht!«, sagte Otto. »Nicht stabil. Gar nicht stabil.«

»Du machst Witze, wieder einmal. Du redest in Rätseln!«

»Tue ich?«, fragte Otto und fuhr fort, an verschiedenen Stellen der Mauern zu drücken.

»Worauf willst du hinaus?«, fragte Karl, der inzwischen wusste, dass Otto niemals etwas sagte, ohne etwas Tieferes dabei im Huckepack zu haben.

»Ich bin kein Feind von Besitz«, begann Otto. »Ich meine – grundsätzlich. Wenn er denn Freiheit bedeutet, dann schon gar nicht!« Karl schwieg.

»Bedeutet dieses Haus Freiheit für dich?«, fragte Otto unvermittelt.

»Nein, nein, nein«, rief es in Karl. »Nie gewesen«! Doch er antwortete: »Vielleicht? Für die Zukunft. Ein Ziel. Wenn ich nicht mehr so jung bin.«

»Ziel?«, fragte Otto belustigt. »Dein Ziel?«

Da war es wieder, das Wort. Karl antwortete nicht. Es entstand eine kleine Pause, in der jeder der Männer in seinen Gedanken schien.

»What are you worrying about?«, fragte Otto ganz plötzlich. »Your whole life lies ahead of you!«

Was war das jetzt gewesen? Wieso sprach Otto jetzt englisch? Wie kam es dazu, dass er überhaupt Englisch konnte, der alte Mann?

Oder war das etwas gewesen, wovon manche im Ort, in Targanz, schon erzählt hatten? Telepathie? Hatte Karl etwa diese Worte selbst schon gedacht, Sekundenbruchteile vorher? Hatte der Postbote seine, Karls, eigenen Gedanken übertragen bekommen? Oder hatte Otto exakt diese Antwort schon gedacht, noch bevor Karl sich selbst überhaupt einer Frage bewusst war?

»Verkauf das Haus ganz einfach«, sagte der alte Mann. »Um deiner eigenen Freiheit willen.«

»Verkaufen?«, fragte Karl.

»Verkaufen!«, sagte Otto. »Wer sollte es dir verbieten?«

Karl war zwar immer als Bergführer tätig gewesen und hatte auch als Vortragsreisender Geld verdient, aber eine größere Summe anzusparen, war ihm nicht gelungen. Karl dachte an Korff, an die Waffenlieferungen, für die er und seine anderen Expeditionskameraden ihre guten Namen gegeben hatten. Der Preis dafür war das Haus gewesen. Er hatte sich kaufen lassen, ohne den finsteren Hintergrund vorher zu wissen. Mit einem Mal war sein schlechtes Gewissen wie weggewischt, und er war stolz darauf.

Aber wie hatte Otto seine Gedanken überhaupt erfassen können? Sollte er diesem geheimnisvollen Mann eine kleine Falle stellen? Einzig um der Wahrheit willen?

Karl ertappte sich bei einer häretischen Idee, der grundsätzlichen Linie seines eigenen Lebens zwar abträglich, eines Geheimdienstes aber wohl würdig, wie er gleich mit angemessen schlechtem Gefühl bemerkte. Und trotzdem zur Ausführung schritt.

Er bemühte sich in diesem Moment angestrengt, an etwas gänzlich anderes zu denken, als er jetzt Otto fragte: »Where did you learn your english?«

Es dauerte eine Weile, bis Otto ihn nachsichtig ansah und antwortete: »Ich weiß, welche Antwort du hören willst. Ich habe nie auch nur ein Wort Englisch gelernt.«

Wieder machte er eine kleine Pause. Sie erschien Karl nicht ganz untheatralisch.

»I learned it at school!«

Er hatte Karl doppelt überrumpelt. Aber das war gar nicht die Absicht des vornehmen alten Herrn gewesen, und so lieferte er, quasi zur Erklärung und Entspannung zugleich, eine kleine Geschichte nach: »Kennst du die Geschichte von dem Mann, der in den Wald geht und eine Fee trifft?«

»Nein. Ich glaube nicht!«

»Die Fee fragt den Mann, ob er einen Wunsch habe. Ja, den habe er, sagt der Mann. Einen Schatz zu finden nämlich. Der Wunsch wird dir erfüllt!, sagt die Fee. Grabe hier mit einer Schaufel nach dem Schatz! Du wirst ihn finden. Aber nur unter einer Voraussetzung: Wenn du während des Grabens nie, niemals an einen Bären denkst!«

Otto hielt sich den Bauch vor Lachen.

»Natürlich hat er den Schatz nicht gefunden, weil er seinen eigenen Gedanken nicht entkommen konnte. Nicht an den Bären denken – haha!«

Karl verstand. Otto hatte nur geantwortet, was schon lange in ihm, Karl, gewesen war. Als er jetzt in Ottos Gesicht sah, erkannte er darin die Züge seines eigenen.

Es war also seine, Karls *eigene* Antwort gewesen.

* * *

Den Preis, den Karl für das Haus erhielt, empfand er als das, was die Juristen in ihrer eigenen Sprache als *in compensando* bezeichneten. In compensando. Als Kompensation für den lange zurückliegenden existentiellen Verlust seiner Eltern und daraus folgend Gnadenwasser, und vielleicht daraus folgend als Kompensation für die Reinwaschung des Waffentransports durch seinen guten Namen. Auch als Kompensation für Theresa?

An dieser Stelle musste Karl innehalten. Denn welches Recht hätte er auf sie gehabt?

»*I am a master of excuse.*« Diese Feststellung klebte an ihm, und sie klebte deshalb, weil Karl sein eigener, unerbittlicher Richter war. Die verzweigten dunkleren Labyrinthe seiner Seele hatte er noch nicht genügend erforscht, trotz seiner starken imaginären Stirnlampe. Die es in Wirklichkeit nicht gab. Die es nicht geben konnte. Und damit konnte Karl sich selbst auch nicht wirklich verzeihen. Noch nicht.

Nun war Theresa also wieder gegangen. Aber gekommen war sie doch auch aus freien Stücken, damals, am Fuß der Schwarzen Wand. Das sagte sich Karl vor, als wäre es eine, *seine* Entschuldigung. Oder hatte sie einfach seinen, Karls Schutz gebraucht an jenem unwirtlichen Ort? An jedem unwirtlichen Ort? Also auch hier?

War es wirklich aus freien Stücken geschehen?

Sie war gegangen, und das Klopfen war gekommen.

Karl hatte viel Geld für das Haus erhalten und sich darüber hinaus noch eine ganze Weile das Wohnrecht darin gesichert. Wenn nur seine Sehnsucht nicht gewesen wäre. Wenn nur das nächtliche Klopfen an die Wohnzimmertüre nicht geblieben wäre. Immer, wenn er allein saß in seinem großen Wohnzimmer, in seiner ganzen Einsamkeit, hörte er deutlich und unverkennbar das Klopfen an die Tür. Und jedes Mal, wenn er aufstand, in großer Erleichterung und Freude und Erwartung – und das war jedes Mal der Fall –, stand er wieder allein unter der geöffneten Türe. Dann ging er durch den Hausgang und hinunter in den Garten, nur um festzustellen, dass niemand gekommen war, dass kein Auto am Gehsteigrand parkte. So wiederholte es sich immer und immer wieder.

Endlich waren die allerletzten Herbsttage angebrochen, von einem warmen Licht begleitet, wie es nur der Föhn an die Berge zaubern konnte. Karl beschloss, dorthin zu gehen, wohin er immer gegangen war, wenn sein Herz allzu schwer wurde. Er würde sein Lieblingsgebirge aufsuchen, wo es kein Klopfen an die Türe gab. Als ob er damit jeglichen Signalen dieser und einer anderen Welt vielleicht entkommen hätte können, nur weil es dort keine Holztüren gab.

Karl startete zu seiner Tour von Innsbruck aus. Er brach um zehn Uhr abends auf, denn schlafen konnte er ohnedies nicht oder nur sehr schwer. Über viele Feldwege gelangte er nach Stunden ins Unterland, zwischendurch war er sogar auf einem Bahndamm unterwegs, weil er in seiner Verträumtheit den Weg verloren hatte. So stolperte er einige Zeit über die Bahnschwellen, bis er wieder auf den richtigen Weg fand. Um halb sechs Uhr wurde es langsam hell. Wenige Minuten vor Vomp überholte ihn eine Radfahrerin mit klappernden Milchkannen und wäre fast gestürzt, weil sie durch Karls unerwartete Gestalt zutiefst erschreckt worden war. Dann passierte er das kleine Bauerndorf und hörte es vom Kirchturm sechs Uhr schlagen. Vom Stallental aus stieg er im Zickzack höher bis zum Einstieg in die Ostwand der Fiechter Spitze. Es war nur eine leichte Kletterei, und Karl hätte es über den sogenannten Normalweg noch viel leichter haben können. Aber er nahm seine Sache sportlich, denn er wollte den Hauptkamm des Karwendels überschreiten, immer ganz oben über die Grate. Bald stand er auf dem Gipfel der Spitze. Vor ihm lagen die sogenannten Bärenköpfe und dahinter der Gipfel des Hochnissl. Von seinem jetzigen Standpunkt aus lagen vierzig Kilometer Bergeinsamkeit vor Karl.

Er überkletterte die Bärenköpfe und als er auf den grünen Matten des Hochnissl ankam, fing es langsam zu dunkeln an. Aber Karl hatte es nicht eilig. Er hätte leicht zur Lamsenjochhütte absteigen können, um dort bequem zu übernachten. Aber er wollte keinem anderen Menschen begegnen, zudem war er dieses Mal wunderbar ausgerüstet, nicht wie damals, vor so vielen Jahren, in der Brenta mit Gregor. Karl hatte einen sogenannten Fußsack dabei, eine Art gefütterten Schlafsack, der nur bis zur Hüfte reichte, aber zusammen mit dem Anorak und einer kleinen Schaumgummimatte als Unterlage versprach es eine angenehme Freinacht zu werden. Gegen sieben Uhr hielt er von seiner Aussichtskanzel nach der Venus Ausschau. Ob Theresa jetzt dasselbe tat?

Karl legte sich auf den Rücken. Er fühlte ein klein wenig das Stechen der Graspolster, aber er war jetzt angenehm müde. Beinahe fühlte er sich wie im Sitz einer Raumkapsel. Die grasigen Polster hatten etwas Rundes in sich und damit Geborgenes. Er trank einige tüchtige Schlucke aus der Teeflasche und aß ein paar Kekse dazu. Über ihm hatte sich die ganze Pracht des herbstlichen Sternenhimmels aufgetan, und sein Lieblingsgedicht von John Ronald Reuel Tolkien fiel ihm ein. Seltsamer Name, dachte sich Karl. Wie sollte ein Mensch mit einem solchen Namen nicht zum Botschafter einer anderen Welt bestimmt sein?

There I lay, staring upward
While the stars wheeled over.

Faint to my ears
Came the gathered rumour of all lands
The springing and the dying
The song and the wheeping
And the slow, everlasting groan
Of overburdened stone.

Es hatte also auch schon andere gegeben, die so empfunden hatten wie er und die dieses Empfinden in solche Zeilen hatten verwandeln können, viel besser als er, Karl, es jemals könnte. Er war jetzt sehr ruhig geworden in seiner Raumkapsel, ganz so, als hätte er sich einer anderen Kraft anvertraut. Auf einmal war er eingeschlafen.

* * *

Karl hatte einen winzigen Spirituskocher mitgebracht, auf dem er jetzt den restlichen Inhalt seiner Teeflasche zum Frühstück erwärmte. Dazu aß er einige Fruchtschnitten. Er trank nur wenige Schlucke vom Tee, denn Karl war, wie alle Bergsteiger, sehr genügsam. Auch wusste er, dass das nächste Altschneefeld, aus dem er Wasser gewinnen konnte, vielleicht erst in einem Hochkar des Hochglück lag, mitten im kargen und wasserarmen Karwendel. Er erinnerte sich der Worte, die der Graf seinem Vater eingeschärft hatte: ein Gebirge, in dem die Tiere neben der Quelle dürsten. Das war natürlich übertrieben, aber es waren die Worte gewesen, die ihm der Vater überliefert hatte. Deshalb brachte sie Karl auch nicht mehr aus seinem Kopf.

Karl bewegte sich sehr schnell weiter, wenn das Gelände nur ein Wandern erforderte, und Karl kletterte sehr schnell, wenn das Gelände ein Klettern erforderte. Gegen Mittag erreichte er die ersten Altschneefelder, die das Gebirge wie aus Mitleid dem einsamen Bergsteiger in diesen Oktobertagen hinterlassen hatte. Er schmolz etwas Schnee, um seine Flasche mit Wasser, versetzt mit Brausetabletten, zu füllen. Als er auf dem Gipfel der Grubenkarspitze angelangt war, zogen schon wieder die Schatten von den Tälern auf.

Aber dort, wo er heute noch hinwollte, dorthin hätte er fast blind den Weg gefunden, auch wenn es kein Weg im eigentlichen Sinn war, sondern nur lange, lange Schutthalden, die ihn zu der in Orange leuchtenden Biwakschachtel führten, die unterhalb des Grates zwischen Laliderspitze und Laliderwand auf Stelzen stand. Ein philanthropischer Architekt, der selbst Bergsteiger war, hatte sie entworfen und ein ebensolcher Bergsteigerverein hatte sie dort aufgestellt, um den Spätankömmlingen aus den riesigen Nordwänden Schutz zu bieten.

Karl legte die letzte Strecke fast im Laufschritt zurück und öffnete im schwächer werdenden Licht des Tages die Türe. Karl war nicht zum ersten Mal in dieser Unterkunft, aber wieder erschien sie ihm hier, in dieser menschenleeren Einöde, wie ein Paradies. Die Biwakschachtel war aus Polyester gefertigt und sechseckig, so auch im Inneren. An den Wänden waren Matratzenlager angebracht, mit sauberen, zusammengefalteten Decken darauf. Auch gab es eine kleine Kochnische. Karl entdeckte Brotdosen und Fleischkonserven und Teebeutel, die andere Bergsteiger hinterlassen hatten. Dankbar seinen unbekannten Spendern gegenüber fing Karl zu kochen an, und später, als sich sein von den Anstrengungen verkleinerter Magen durch den Tee wieder entspannt hatte, begutachtete er die Fleischdosen. Er stellte erfreut fest, dass sie noch innerhalb des Ablaufdatums waren, und öffnete die erste. Das Brot aus der Dose teilte er sich mit einigen frechen

Dohlen, die keine Scheu vor Menschen kannten. Karl hielt kleine Stücke des Brotes in seiner Hand, bis sich die mutigsten zwei oder drei von ihnen heranwagten und sie ihm zwischen den Fingern herauspickten. Die Tür der Biwakschachtel war nach Osten gebaut worden, weg von den stürmischen Wettereinbrüchen, die hier fast immer vom Westen kamen. Es dunkelte bereits, als Karl aufstand. Die Dohlen hüpften wenige Meter zurück, dann segelten sie mit wenigen Flügelschlägen in die Dunkelheit. Sehr ruhig und ohne Rührseligkeit blickte Karl nach Westen. Die Venus stand ruhig am Himmelsrand. Karl blickte sie an und auch den großen und den kleinen Wagen. Ob Theresa dies jetzt auch tat?

Karl verbrachte eine sehr ruhige Nacht. Beim Einschlafen kam ihm der Gedanke, wie wenig der Mensch doch brauchte, um etwas wie Zufriedenheit zu verspüren. Am nächsten Morgen beschloss Karl, noch einen weiteren Tag und eine weitere Nacht hier oben zu bleiben. Schließlich hatte er zu Hause niemanden, der auf ihn wartete. Auch wies alles darauf hin, dass das Wetter spätherbstlich schön bliebe, und auch die Dohlen waren inzwischen frecher und zutraulicher geworden. Einmal stieg Karl die wenigen Meter bis zur Spitze hinauf, nur um in die gigantische Nordwand hinunterzublicken, über die er einige Male, auch zusammen mit Gregor, heraufgeklettert war.

Und das Wetter blieb schön, so wie es ihm vom Himmel versprochen worden war. Karl nahm am nächsten Morgen die letzte Etappe seiner Überquerung in Angriff. Jetzt war er doch schon ein bisschen müde. Er spürte die Anstrengung in den Oberschenkeln und legte jetzt manchmal seine Hände drauf, um sie zu stützen, wenn er Gegensteigungen bewältigen musste. Aber am späten Nachmittag war er doch auf dem Gipfel der Pleisenspitze angelangt, dem westlichsten Eckpfeiler des Gebirges. Er stieg vom Gipfel bis zur Pleisenhütte ab und weiter zu Tal, weil es schon beinahe Mitternacht war und die Hütte seit Mitte Oktober geschlossen. Er wanderte durch das Hinterautal hinaus, wo er damals, zusammen mit Theresa, hereingewandert war. Das schien ihm eine Ewigkeit her zu sein.

Ein wenig abseits des Weges fand er einen Heustadel, dessen Türe nicht versperrt war. Müde und zufrieden, wie ihm selbst schien, blieb er eine Weile unter der geöffneten Türe des Stadels stehen. Und starrte die ganze Zeit auf die Venus.

* * *

Die erste Nacht, die er wieder in seinem Haus verbrachte, das ihm nun nicht mehr gehörte, führte ihn unerbittlich in die Vergangenheit seiner Eltern. Denn wieder konnte er nicht einschlafen. Und mit einem Mal fiel ihm die Deckungsgleichheit dreier Leben ein: das seiner beiden Eltern und sein eigenes. Oder waren es vier? Gehörte Theresas auch dazu?

Hatte er, Karl, sich in Wirklichkeit kaufen lassen? Und auch seine Eltern, Jahrzehnte früher, indem sie an den Hof der Korffs gezogen waren, wohl geblendet von deren Glanz und in der nicht unberechtigten Hoffnung, davon etwas abzubekommen? Und war es bei ihm, Karl, auch so gewesen? Waffentransport hin oder her, die Schwarze Wand hin oder her? Waren das in Wirklichkeit Ausreden gewesen? Und waren es auch bei Theresa Lebenslügen gewesen? War sie in die gleiche Falle gegangen wie er?

Karl lag auf seinem Bett und starrte gegen die Decke. Um die Venus aus seinem Fenster erblicken zu können, war es wohl zu spät. Sie musste längst woanders hingezogen sein. Und wieder folgte Karl dem vertrauten Gang in die Küche, er hörte das vertraute Knacken der Tablette und wieder das würdelose Gurgeln aus der Weinflasche.

Und da waren sie wieder, die Dohlen von der Biwakschachtel. Wie hatten sie ihn nur finden können, mitten in der Stadt? Wieder glitten sie in die Dunkelheit davon. Nur eine von ihnen wies Karl den Weg, mit einem einzigen, spielerischen Flügelschlag, und Karl folgte ihr. Er flog nun seinerseits in sieben, acht Metern Höhe ein-, zweimal um die Triumphpforte und die Maria-Theresien-Straße hinunter, in einer unfasslichen Eleganz glitt er über alle die Fußgänger hinweg, die ungläubig zu ihm heraufstarrten, bis hin zum Eingang der Hofburg, des Kaiserlichen Sommersitzes, vor deren rundbogenartiger Pforte er in der Luft stehen blieb – ohne einen einzigen Flügelschlag, so lange, bis der zu ihm aufblickende Pförtner ihm endlich Auskunft erteilte. In diesem Hause, sagte er, wohne eine Chinesin von außerordentlicher Schönheit, und sie sei die Einzige im ganzen Land, die gleich ihm, Karl, imstande sei zu fliegen. Also glitt Karl weiter, durch die Pforte hindurch, nun nur mehr in etwa drei Metern Höhe über die Köpfe der Besucher hinweg, die darüber vergaßen, was es auf der Erde zu sehen gab, denn alle hatten den Kopf in den Nacken gelegt und starrten zu ihm empor. So glitt Karl ohne einen einzigen Flügelschlag, sogar mit eng an den Körper gelegten Armen, über sie hinweg bis zum Eingang der kaiserlichen Küche, aus der ihm, einem Befehlshaber gleich, ein bärtiger, blondhaariger Mann entgegentrat – der Großvater vielleicht, den er nie kennengelernt hatte? Unterhalb seiner verharrte dieser und sagte, unbeeindruckt von Karls schwerelosem Schweben, zu ihm herauf, er wisse um seine, Karls, Fähigkeit zu fliegen, auch seine Frau – die Chinesin – beherrsche sie, doch beeindrucke ihn dies in keinster Weise, sie beide sollten vernünftigen Gesetzen folgen und diesen Schabernack sein lassen. Bei diesen Worten hatte er seine Arme vor der Brust verschränkt, wie um seiner trotzigen Haltung Nachdruck zu verleihen. Unübersehbar waren seine muskulösen Arme und sein breiter Brustkorb, von den Schlaganfällen des Großvaters war nichts zu bemerken. Aber er wiederholte das Wort Schabernack.

Da fing Karl zu lachen an, und er lachte so heftig, dass ihm die Tränen hervortraten, und während er lachte, spürte er, wie seine Zähne ausfielen, einer nach dem anderen. Schließlich stand er dem Leibwächter gegenüber, in der linken hohlen Hand das Häufchen Zähne, die Rechte salutierend an die Schläfe gelegt. Selbstverständlich bedürfe es keiner weiteren Erklärung mehr, sagte Karl. »Denn Sie müssen wissen, Herr Kollege, auch ich bin Behördenvertreter. Ohne Ihr Verdienst jetzt schmälern zu wollen, muss ich doch behaupten, der beste Beamte zu sein, den ich persönlich kenne.«

Er stand auf, nahm eine Schnur aus der Hosentasche, fädelte seine Zähne auf die Schnur und legte seiner Mutter die Kette um den Hals. Sie hatte chinesische Gesichtszüge und war plötzlich aus dem Hintergrund auf die beiden zugetreten.

»Dies für dich«, sagte er dabei feierlich. »Wenn auch nicht alle, so sind doch einige aus Gold, darüber hoffe ich auf Vergebung, dass es alles ist, was ich zu bieten habe, wenigstens heute, zu diesem Zeitpunkt.«

Am folgenden Morgen erschien Otto recht spät mit der Post. Karl bemerkte, dass es ein ungewöhnlich großer Packen war, den Otto auf seinem Rad mit sich führte. Aber Otto beließ ihn dort, vorerst, und setzte sich zu Karl in die Küche. Dort tunkte er, wie gewohnt, seine Kekse in den Kaffee, und einige davon reichte er dem Zeus, dessen Kopf gleichauf mit der Tischkante war.

Otto blickte Karl sehr lange an, wie prüfend.

»Was ist?«, fragte Karl.

Otto nahm noch einen Schluck aus der Kaffeetasse, als wäre er unentschlossen. Dann stand er auf und ging zu seinem Fahrrad hinaus. Mit einem großen Packen Papier kam er zurück.

Ganz oben auf dem Stapel lag ein großes Kuvert. Er reichte es Karl. »Für Karl von Theresa«, stand auf dem Kuvert in großer Handschrift. Sie war so groß ausgefallen, dass sie beinahe über den Rand des Kuverts hinausreichte. Karl öffnete das Kuvert. Auch die wenigen Zeilen waren in übergroßer Schrift gehalten und ebenso beinahe über den Rand hinausgeraten. Als hätte kein Papier der Welt den Raum zu fassen, was Theresa auszudrücken versuchte. »Es ist alles dunkel um mich«, schrieb sie, »dunkel und kalt. Mir klappern die Zähne.«

Otto warf einen kurzen, prüfenden Blick zu Karl.

»Du hast sie nie mehr gesehen?«, fragte der Postbote.

»Nein. Und du?«

»Ja, schon. Vor längerer Zeit.«

»Und? Wie geht es ihr?«

Otto antwortete lange Zeit nichts. Schließlich fragte er vorsichtig: »Du weißt von nichts, Karl, oder? Weil du gerade vom Berg gekommen bist.«

»Was denn, Otto? Was soll ich wissen?«

Doch wieder kam lange keine Antwort. Endlich sagte er behutsam: »Sie hatte große Pupillen, Karl. Ich meine, abnormal große Pupillen. So wie die Frauen früher, als sie Belladonna genommen haben, um eine größere Wirkung auf Männer zu haben. Sagt man. Und liest man. Belladonna gewann man aus der Tollkirsche. Das sagt doch alles, oder?« Otto machte eine Pause, aus Verlegenheit, wie es schien. Dann fuhr er fort: »Daraus ließe sich auch ihre übergroße Handschrift erklären.

Aber das alles ist schon einige Wochen her. Und es kann ja auch etwas ganz anderes gewesen sein. Ein Medikament. Was weiß ich? Sie muss jedenfalls durch eine fremde Substanz intoxikiert gewesen sein.«

Karl nahm noch einmal den Briefumschlag. »Für Karl von Theresa«, las er wieder. Es war keine Briefmarke auf dem Umschlag, jedoch ein amtlich wirkender Eingangsstempel von vor sechs Tagen.

»Was ist das?«, fragte Karl.

»Das ist bei uns so üblich, Karl.« Dann verbesserte er sich. »Bei der Post, meine ich.

Einer unserer Boten hat den Brief in einem Postkasten gefunden.«

»Warum bringst du ihn erst jetzt zu mir?«

»Niemand von unseren Postboten in der ganzen Stadt hat gewusst, wer damit gemeint ist. Deshalb ist es bei uns« – er verbesserte sich gleich wieder – »bei der Post so üblich, was eigentlich ein schöner Brauch ist!«

»Was für ein schöner Brauch, Otto?«, fragte Karl, langsam ungeduldig werdend.

»Alle Briefe, deren Adresse unklar oder unleserlich oder unvollständig oder nicht vorhanden ist – wie bei diesem –, landen in einer Sammelbox. Da wird nichts verworfen oder verlegt. Und einmal in der Woche, an jedem Montagmorgen – und das war gestern –, werden alle Briefträger der Stadt in einen großen Raum geladen und sitzen um einen riesigen Sitzungstisch. Die Türe wird von außen versperrt. Niemand sollte in dieser Zeit aufstehen und auf die Toilette gehen. Natürlich wird das Ganze nicht dienstlich angeordnet. Alles geschieht freiwillig, mit der Einwilligung aller. Sonst wäre es ja Freiheitsentzug, Karl. Du verstehst? Die unleserlichen Briefe werden so lange um den Tisch herumgereicht, von Hand zu

Hand, bis jemand gefunden ist, der die unleserliche Adresse oder Person kennt oder zu kennen glaubt.«

»Das ist ein schöner Brauch, finde ich«, fügte Otto beinahe entschuldigend hinzu, »alle Briefträger sind stolz darauf.« Und er ergänzte: »Natürlich habe ich deinen Brief sofort erkannt!«

»Und jetzt?«, fragte Karl. Otto zog ihm den Brief aus den Händen. Darunter lag der Stapel von Zeitungen. Schon auf der Titelseite der ersten Zeitung stand, dass ein prominentes Ehepaar bei einem Autounfall gestorben war. Auf dem Südring, der Umfahrung von Innsbruck. An einer Baustelle. Einem Betonpfeiler. Ungebremst sei der Sportwagen dagegengeprallt. Es waren keine Namen genannt, in keiner der Zeitungen, aber natürlich wusste Karl sofort, dass es sich um Theresa und Angelus Korff handelte.

»Selbstverständlich werden keine Namen genannt, Karl. Du kennst ja die Familie und ihren Einfluss!«

»Jaja«, sagte Karl.

»Und es geht das Gerücht um, dass in Wirklichkeit Theresa am Steuer gesessen hat. Man *lässt* das Gerücht umgehen«, fügte Otto hinzu, als könne er damit etwas erklären.

»Aber du *musst* das nicht glauben, Karl!«, sagte er.

* * *

An den folgenden Tagen flüchtete sich Karl immer zum selben Ort, der ihm schon seit vielen Jahren Trost und Stütze gewesen war. Der Platz war zu Fuß leicht erreichbar, in weniger als einer Stunde Fußmarsch war Karl dort und lauschte dem Plätschern des Baches, der dort oben entsprang, wo jetzt der erste frühwinterliche Schnee lag. Ganz oben leuchtete im steilen Weiß der Schneedecke vertrauensvoll das Freilicht der

Bergstation der Seilbahn, um schutzsuchenden Bergsteigern den Weg zu weisen.

Gleich wie damals auf der Kristallwandhütte, dachte sich Karl. Und wie viel Mut sie beide damals gehabt hatten, er und Gregor, als Dreizehnjährige, als sie in tiefster Nacht von diesem Licht weg und höher stiegen und die Kristallwand bewältigten.

Karl sah das Mondlicht auf den Bäumen und Sträuchern liegen und auf den dahinter aufragenden Bergen, sah es ihre bereiften Grate streifen, weit oberhalb des Widerscheins der kleinen Stadt. Abseits des winzigen Lichts der Bergstation schien alles wie eine verkehrte Welt zu sein, vollkommen und doch unentwickelt, wie in einem Stadium der Fotografie, in der alles Weiß zu Schwarz verdunkelt war und alles Dunkle wie ein fernes Leuchten aus dem hellen Grund hervortrat.

Plötzlich überkam ihn eine unwiderstehliche Sehnsucht nach dem Licht der Kristallwandhütte, von dem er sich damals, in jener Nacht, so unendlich weit entfernt hatte, und Karl war es, als fände er jetzt erst wieder zurück.

* * *

Es war spätnachts, als er in die Küche ging und auch in das Bad. Wie von fern hörte er das Knacken der Bruchrille der Tablette, wie von fern hörte er das Plopp eines gezogenen Weinkorkens. Außen brach der Mond durch die Wolken und legte ein unwirkliches Weiß auf den ersten Schnee dieses Herbstes. Wo waren die Ski? Im Keller.

Er tappte die Stufen abwärts und hielt sie bald fest umschlossen. Es folgte eine lange Autofahrt bis zum Ausgangspunkt jener Bergfahrt, die er damals, fast noch als Kind, mit Gregor unternommen hatte. Bald stieg er höher und höher, und seltsamerweise war diesmal kein Schmerz in den Füßen zu spüren. Damals hatte er jeden Stoß des Hartschnees durch die weiche Spitze der Pelzstiefel gespürt. Wie klein die Berge geworden waren gegen die Berge seiner Erinnerung! Dann war er auch schon weit oben, einen Gipfel nach dem anderen überschreitend, musste Karl, in Gedanken an früher, lächeln: Wie unendlich war ihm jener Tag erschienen. Heute jedoch befand sich am Ende des Hanges, der zu einem letzten Übergang führte, eine Hütte. Rauch zog aus dem Kamin. Karl überlegte, ob sie damals schon gestanden hatte, überhaupt schien ihm die ganze Gegend verändert, wie trügerisch doch Erinnerungen sind! Karl lenkte also die Ski auf die Hütte zu, alles schien ihm wie neu und doch schon ewig hier zu sein, er konnte sich aber trotz angestrengten Überlegens an keinen Wegweiser, an kein Hinweisschild und keine Markierung entsinnen.

Diese Hütte konnte also ganz unmöglich ein gutes Geschäft für den Wirt sein, dachte sich Karl, wer hier wohnte, musste sich mit der Aussicht allein zufriedengeben.

Karl stieg aus der Bindung und schlug die Ski fest gegeneinander, um seine Ankunft anzukündigen und die Bretter vom Schnee zu befreien.

Er trat ein, doch wie enttäuschend war der erste Eindruck. Nicht genug, dass er gleich hinter der Türschwelle im Halbdunkel, über einen großen, dicken Hund stolperte, der sich quer zum Gang gelegt hatte, Karl wäre beinahe hingefallen, konnte sich jedoch an einem dicken, geblümten Vorhang gerade noch halten. Dabei riss der Vorhang ein kleines Stück ein. Karl bemerkte, dass die Scheiben dahinter schmutzig und beschlagen waren. »Zeus?«, rief er, sich aufrichtend. Wenn Zeus hier war, konnte auch Otto nicht weit sein. Oder war der Hund Mohri, der einstige Beschützer von Karls Vater, der vom bösen Grafen schon vor vielen Jahren erschossen worden war? Konnte der Hund ein Teil einer Botschaft an Karl sein?

Im Hausgang war es also fast dunkel, doch Karl ließ sich nicht beirren und näherte sich stetig, dann und wann mit der Hand Halt suchend, dem Gastraum. Glücklicherweise war der Hund hinter ihm, obgleich durch Karls Berührung anfänglich alarmiert, gleich wieder eingeschlafen, tief und regelmäßig tönte sein Atem, nur manchmal von einem Seufzen unterbrochen.

Auch Karl hatte eine sonderbare Müdigkeit überkommen, er schien sich während des ganzen Weges doch ein wenig übernommen zu haben, aber nun war er schon einmal hier, hier würde er auch ein Plätzchen zum Ausruhen finden, und sei es nur für kurze Zeit.

Aus der Küche drang der Geruch von Essen, ganze Berge schmutzigen Geschirrs stapelten sich dort, aus einer Ecke tönte laut Marschmusik. Karl war versucht hinzugehen und das Radio leiser zu stellen und hatte zugleich Bedenken: Vielleicht käme bald eine Durchsage und er würde sie versäumen. Wie durch einen Nebel kam ihm der Begriff *Ziel* in den Kopf, und damit die Erinnerung an Gregor und ihre Fahrt an die Punta Penia und die Rosengartenwände, wo der Dorftrottel ihnen verständnislos das Wort Ziel nachgerufen hatte.

Endlich trat er in die Gaststube, nur silhouettenhaft konnte er Umrisse erkennen, ein Tisch stand da, auch ein Stuhl, es schien der einzige im ganzen Raum zu sein.

Erleichtert wollte sich Karl auf ihn setzen, ein Knacken ließ ihn jedoch aufschrecken, der Stuhl schien sehr alt zu sein, ein Stück aus fernen, vergangenen Zeiten. Karl sah daran hinunter, er war, obwohl hübsch anzusehen, sehr brüchig, und Karl wagte nicht, sich mit dem ganzen Gewicht darauf niederzulassen, so spannte er seine Oberschenkel ein wenig an und entlastete damit den Stuhl. Das war zwar anstrengend, aber im Moment besser als immer nur stehen, sagte sich Karl, darauf schlug ihm aus der Ecke hinter dem Tisch halblautes Lachen entgegen.

»Also auch hier herauf haben Sie gefunden!«, bemerkte Karl, wie abschließend.

»Ja«, sagte der Richter, »auch hierher.«

»So sind Sie noch immer Richter«, sagte Karl leise, fast fragend.

»Ich bin es und werde es immer sein«, kam es unerbittlich aus dem Dunkel.

»Das ist«, versuchte Karl aufzubegehren, »nicht sicher! Ich bin ja auch kein Bergsteiger mehr.«

»Wenn ich dir vom Essen hier anböte und vom Getränk, wäre dir, wenigstens für heute, geholfen?«, fragte der Richter, und Karl, der verwundert bemerkte, dass ihn der Richter duzte, spürte auch wirklich großes Verlangen nach einer Mahlzeit, war sich aber zugleich wieder beinahe sicher, dass er nichts zu sich nehmen könnte.

So saßen die beiden eine Weile still, Karl versuchte angestrengt, sich die Speise auszumalen, die ihm für heute, für die nächste Zeit, vielleicht für immer, Nahrung sein könnte.

»Essen, immer nur essen«, sagte der Richter, »das hält kräftig«, und schob ihm einen Teller zu, auch ein gefülltes Glas.

Karl, der sehr durstig war, nippte davon und musste sogleich husten, das scharfe Getränk verbrannte ihm beinahe den Mund, er stellte also das Glas wieder hin, die Beine fingen ihn, der angespannten Haltung wegen, zu schmerzen an, er wagte aber nicht, sich zu erheben.

»Wir beide«, sagte der Richter, »kommen doch nicht aneinander vorbei«, und schob ihm mit einer kurzen, flinken Handbewegung den Teller näher heran.

Karl wollte höflich sein und nahm sich vom Angebotenen, es war ein Knochen, der fast gänzlich abgenagt schien, nur wenige Fleischreste hingen noch daran. Karl zog die Lippen zurück und nahm sich mit den Zähnen ein winziges Stück, einzig um sein Gegenüber zufriedenzustellen, gleich legte er den Knochen wieder auf den Teller zurück.

»So bist du wohl schon gesättigt!«, sagte der Richter, »und ich kann dir nichts weiter anbieten.«

»Ja«, sagte Karl sehr schnell, denn seine Lage war ihm beinahe unerträglich geworden. Viel leichter, dachte sich Karl, wäre es sogar, im Kopfstand zu verharren als auf diesem Stuhl.

»Es hat einmal«, fing der Richter wieder an, »jemand geschrieben, dass derjenige Mensch am unwiderstehlichsten sei, dessen innerster Wunsch in Erfüllung gegangen ist.«

Karl sprang auf, seine Sitzposition war ihm ganz unerträglich geworden, mit zwei kurzen Schritten war er da, wo das Fenster sein sollte, und zog den Vorhang ein wenig auf die Seite, für eine Sekunde nur erhellte das einfallende Licht das Gesicht seines Gegenübers.

»Erst vierzig Jahre alt und schon Richter!«, sagte Karl ohne große Überraschung mit Bitterkeit in seiner Stimme. Der Richter lachte, oder war das Lachen in Karl selbst? Ein Lachen, das aus einer Lust am Schauspiel bestand und der gleichzeitigen Traurigkeit über diese Lust. Ein Lachen, das aus der lange erhofften Klarstellung resultierte und der zeitgleichen Angst vor dem Abgrund, der sich damit auftat.

»So hat es sich also erfüllt«, sagte Karl endlich wie zu sich selbst, »und derundder oder dieunddie, welche über die Unwiderstehlichkeit schrieb, hatte Unrecht!«

Karl verspürte großen Hunger in sich, Hunger, der sich hier auf keinen Fall stillen ließ, er musste endlich zur Tür hinaus, ging ein, zwei Schritte, hörte, wie hinter ihm der Tisch mit großem Krachen auf dem Holzboden aufschlug, spürte die Hand des Richters an der Schulter, er wollte ihn zurückhalten.

»Dass du mir dableibst!«, sagte er, Karl aber drehte seine Schulter weg, im Türrahmen sich umdrehend sah er den Richter, der als schwankender, dunkler Strich in der Mitte des Gastraumes vor dem umgestürzten, in zwei Teile gebrochenen Tisch stand. »Instand setzen«, lallte er, »alles instand setzen!«

Schon aber war Karl im Hausgang. Er hatte Scheu, über den Hund hinwegzusteigen und ins Freie zu gelangen, zog also den Vorhang, der beim Eintritt seinen Sturz aufgefangen hatte, auf die Seite und bemerkte, dass es draußen noch immer Nacht war. Im schmutzigen, beschlagenen Fenster sah er verschwommen ein Gesicht, es konnte sein eigenes, konnte aber auch das Gesicht des Richters sein, konnte auch das Gesicht Korffs sein. Beim Gedanken daran prallte Karl erschrocken zurück, fasste sich jedoch gleich wieder, rüttelte am Fenster, es ließ sich nicht öffnen, war mit massiven Metallstiften, sehr großen Kletterhaken ähnlich, vernagelt, so führte also der Weg nur über den Hund ins Freie.

Entschlossen ging Karl auf ihn zu, »Zeus! Zeus!«, hörte er den Richter nach dem Hund rufen, dieser aber blinzelte nur kurz und schläfrig mit den Augenlidern. Das also ist Zeus, dachte sich Karl, unvermittelt und befreit loslachend, doch wegen des gewissen Ernstes der Situation sich gleich wieder fassend.

»Deiner Eitelkeit zuliebe hast du all jene Berge bestiegen!«, sagte der Richter. Oder war es doch Korff?

»Ja«, nickte Karl demütig, spannte seinen Körper und rief mit großer Lautstärke in das Dunkel zurück: »Ja, ja und noch einmal ja. Doch mehr, hörst du, ist nicht nötig.«

Es folgte ein halblautes Lachen.

»Denn einen großen Teil meiner Schuld, wenn nicht den größten, habe ich bereits zurückgezahlt.«

Wieder folgte ein Lachen aus dem Dunkel.

»Durch meine Tätigkeit zurückgezahlt. Durch mein Leiden«, rief er nochmals mit lauter Stimme.

Nun schwieg der Richter. Da nahm er entschlossen die Ski, die in einer Ecke standen, und verließ die Hütte. Schwer und kantig lagen sie in seiner Hand. Seine Knöchel schmerzten, und er öffnete die Augen, um die Umrisse zu erkennen, und wollte endlich die Ski hinlegen und sie anschnallen und losfahren, in irgendeinen Hang hinein, gleich ob er gefährlich war oder nicht, doch die Ski lagen schon da und er auf ihnen.

* * *

Er roch Staub und Moder und Mottenkugeln, denn er trug die alte, vertraute blaue Daunenjacke von René Desmaison. Er hörte aus einer alten Leitung Wasser tropfen. Seine Wange war an den Betonboden geschmiegt und schmerzte trotz der Gefühllosigkeit, die die Kälte hervorgerufen haben musste. Und trotzdem blieb er noch liegen, wie er war, denn das Äußere seiner Lage schien unerheblich im Vergleich zu dem, was sich in ihm erschlossen hatte.

Er hatte sich aus seinem Keller nie fortbewegt. War, die Ski umkrampft, der Richter gewesen, Gregor gewesen, hatte Gnadenwasser wieder besucht und vom Essen gekostet, hatte die Anklage gehört und sein Geständnis abgelegt. War vielleicht Korff gewesen oder ein Teil von ihm, war einer der Eisbären gewesen, hatte vielleicht Theresa geliebt. Hatte nach einem Bild gesucht, das dem ihren ähnelte und sie trotzdem überstrahlte.

Lange lag er so da, auf seinem Rücken, und starrte auf die Decke seines Kellers, in dem er bald Muster erkannte, die kamen und wieder gingen, und beim nächsten Hinsehen wieder da waren. Da war auch das Gesicht von Otto und auch das Gesicht von Thubten Tulku. Oder waren es beide zugleich? Je länger er auf die Decke starrte, desto gleicher waren sich die Gesichter.

Und mit einem Mal wusste Karl, wonach er seit langer Zeit gesucht hatte. Er hatte sein *Ziel* gefunden. Es war gleichsam zu einem neuen Lebensziel geworden. Er wollte auch so werden wie sie. Er wollte auch ein solches Gesicht haben, irgendwann, wenn es auch noch lange dauern mochte und noch viel Arbeit vor ihm lag.

Zitternd vor Kälte stand er endlich auf, betrachtete seine schmerzenden Knöchel, an denen er, mit den Fingerspitzen darüber tastend, die Feuchtigkeit des eigenen Blutes fühlte. Ein wenig davon war auf seine hellblaue Daunenjacke geraten, und Karl betrachtete die Flecken, als seien sie seltene Orden.

Dann stieg er höher, heraus aus seinem Keller. Er wusste, dass er Otto treffen würde. Er musste lange suchen, bis er einen kleinen Rucksack gefunden hatte, der für den heutigen Tag richtig war. Die bisherigen in seinem Leben waren immer zu groß, zu schwer gewesen. Allein schon der Gedanke an die Kleinheit des Rucksacks richtete ihn auf und erheiterte ihn. In den Rucksack packte er nur das Allernotwendigste. Er hatte begonnen, ein Lied zu pfeifen, irgendeines aus den Kindertagen. Dazwischen lachte er, es war ein ganz leichtes, ungezwungenes Lachen. So ging er noch einmal in jedes Zimmer und sah sich darin um, als befinde er sich in einem Kuriositätenkabinett. Dabei murmelte er belustigt: »Potjomkin, Potjomkin.«

Endlich war er so weit und stieg in die Küche herunter. In einer entfernten Ecke saß Otto, dieses Mal mit dem echten Zeus an seiner Seite.

»Je höher du gestiegen bist«, sagte Otto ohne auch nur den Hauch von Bosheit in seiner Stimme, »desto weiter hast du dich von den Menschen entfernt!«

»Ja«, gestand Karl.

»Der Erfolg war dein größter Feind«, sagte er. »Nun kehrst du also um und steigst ab.«

»Ja«, nickte Karl freudig. Dann deutete er, plötzlich bang geworden, auf die Türen: »So viele Türen.«

»Nimm die richtige«, sagte Otto und ergänzte, weil er das Zögern Karls bemerkte: »Du kennst sie.«

»Und wohin wirst du gehen, Otto?«

»Dorthin, wo ich gebraucht werde. Die Behörde wird sich darum kümmern!«

Karl nickte wieder. Eine vage Dankbarkeit hatte ihn überkommen, nicht nur Otto, auch Korff gegenüber, und Theresa und Gregor und seinen Eltern und allen, die ein Stück des Weges mit ihm gegangen waren.

»Hab keine Angst, denn dieser Traum ist wahr«, sagte Otto, während seine Umrisse mit zunehmendem Tageslicht durchsichtiger wurden und die Figur mit dem Weiß der dahinterliegenden Wand zu verschmelzen begann. An diesem Weiß, den Wänden des Raumes entlang, ging Karl, langsam einen Kreis beschreibend.

»Bis bald!«, rief ihm Otto leise zu, und Karl lächelte, ging endlich entschlossen zum Gang hinaus und zur Haustüre und ließ sie weit offen. Schon auf dem Kiesweg drehte er sich noch einmal um und sah, wie der Wind die Schneeflocken zur offenen Türe hineintrieb.

DANK

Großen, herzlichen Dank an Anette Köhler, meine langjährige, sehr bewährte Lektorin. Und besonderen Dank auch an Annina Wachter. Beide Frauen haben mich durch meinen Text begleitet und mir mehr als einmal den rettenden Rückenwind verschafft. Ich danke auch Ernst und Angelika Trawöger. Sie haben das Kunststück geschafft, mir die Physik so zu erklären, dass ich sie auch verstanden habe, oder geglaubt habe, zu verstehen. Last, but not least gilt mein Dank Maria Peters und Karin Pernegger. Auch sie haben im Lauf der langen Entstehungsgeschichte dieses kurzen Textes maßgeblich zum Rückenwind beigetragen.

RUDOLF ALEXANDER MAYR, geb. 1956 in Tirol, blickt als Bergsteiger auf eine Vielzahl äußerst schwieriger Routen und Gipfel rund um die Welt zurück. Der ehemalige Leiter der alpinen Auskunft des Österreichischen Alpenvereins und Berater der Tirol Werbung lebt heute als Schriftsteller in Innsbruck. Bei Tyrolia sind zuletzt die Bände »Lächeln gegen die Kälte. Geschichten aus dem Himalaya« (2. Auflage 2016) und »Das Licht und der Bär. Erzählungen vom Bergsteigen und anderen Abwegigkeiten« (2021) erschienen. Dieser Band wurde beim 7. Internationalen Wettbewerb »Die besten Publikationen zu den Bergen« der Krakauer Messen 2022 in der Kategorie Literarische Prosa ausgezeichnet. www.rudi-mayr.at

ISBN 978-3-7022-3975-6   ISBN 978-3-7022-3337-2

Gedruckt mit Unterstützung von:

Bundesministerium
Kunst, Kultur,
öffentlicher Dienst und Sport

LAND TIROL

FSC® C014138 – MIX Papier aus verantwortungsvollen Quellen

Nachhaltige Produktion ist uns ein Anliegen; wir möchten die Belastung unserer Mitwelt so gering wie möglich halten. Über unsere Druckereien garantieren wir ein hohes Maß an Umweltverträglichkeit: Wir lassen ausschließlich auf FSC®-Papieren aus verantwortungsvollen Quellen drucken, verwenden Farben auf Pflanzenölbasis und Klebestoffe ohne Lösungsmittel. Wir produzieren in Österreich und im nahen europäischen Ausland, auf Produktionen in Fernost verzichten wir ganz.

2024
© Verlagsanstalt Tyrolia, Innsbruck
Umschlagentwurf und digitale Gestaltung: Tyrolia-Verlag, Innsbruck
Titelbild: Ausschnitt aus Nicholas Roerich (1874–1947), Berg der fünf Schätze (Zwei Welten), aus der Serie »Heilige Berge«, 1933, Tempera auf Leinwand, 47 x 79 cm
Druck und Bindung: FINIDR, Tschechien
ISBN 978-3-7022-4216-9 (gebundenes Buch)
ISBN 978-3-7022- 4217-6 (E-Book)
E-Mail: buchverlag@tyrolia.at
Internet: www.tyrolia-verlag.at